新
圖說

古文觀止
的故事

從閱讀出發．
必讀的文言文經典故事

高詩佳 著

那些年，我們一起讀的經典故事

　　好聽的故事總是讓人動容。

　　西元前473年，越王勾踐發動了祕藏在民間的三萬雄兵，一舉將吳國的都城姑蘇團團圍住。吳王夫差的手中雖然掌握了五萬兵馬，卻因糧草不足而不敢出城一戰。夫差天真地想仿效二十年前勾踐求和的方式，替自己留下一條生路。但此時的勾踐卻非當年的夫差，他不貪財好色，也不剛愎自用，而是深刻記取曾經亡國的教訓。最終，在越國將士一心的合作下，獲得了完全的勝利。

　　越王勾踐在遭受種種的恥辱後，之所以能夠成功地復國，除了臥薪嚐膽的自我惕勵，還在於他深知在生死存亡的面前，堅定自我的心志有多麼重要。同樣的，善於接納門客的賢王孟嘗君，像伯樂般懂得善用人才，後來受到秦王妒忌而淪為階下囚時，讓他成功脫困的正是那群被視為雞鳴狗盜的無用之士。

　　自然的，我們也聽過莊子庖丁解牛的故事。庖丁殺牛從一開始困惑於如何下刀，繼而了解牛的身體結構，到最後竟能憑著精神感覺的神入，讓刀遊走於骨肉相接的縫隙而不損傷。他倚靠的除了是經驗的累積與專注，更重要的是自我心境的鍛鍊與提升。

　　諸如此等，這些匿藏在古代經典中的故事，總是精心巧妙而又深刻迷

人。至於裡頭所蘊含的生命智慧，更是值得我們反覆地思索與追尋。可惜的是，因為語言的隔閡與卷帙的浩瀚，大家在閱讀這些典籍時總遭受不小的障礙。為了讓喜愛經典與思索生命的朋友，能夠用輕鬆、寫意的方式，穿越時空的阻隔，進入古典文學美妙的殿閣。善於教孩子寫作文的詩佳老師，特別規劃了「高詩佳說經典故事」系列。透過典型性文章的選取，以及現代小說的改寫方式，令原本生硬的文言文文章，一一變成好看又有趣的故事。每則故事後頭，都搭配著具巧思與諷刺意義的漫畫，以及詩佳老師對故事獨特的詮釋，每每讀來要讓人拍案叫絕。

選擇《古文觀止》作為這個系列的出發，除了因為這是青年學子學習中國古典文學的最佳入門，也在於裡頭收錄的〈燭之武退秦師〉、〈桃花源記〉、〈黔之驢〉等，都是我們耳熟能詳的名篇。讀來既有一定的熟悉感，也能很容易進入故事的情節與氛圍。詩佳老師透過精心的挑選，選出其中最具代表性的50個故事，以深入淺出的解譯方式，讓每篇故事都深具充足的想像力與現代應用的價值。

筆者長年任教於大學，深知培養孩子語文能力與心靈力量的重要性。懂得閱讀與思考的孩子，在成長的過程中，總比別人有更多面對困境的從容與智慧。他們不會過度在意外在得失，也不武斷的與別人一較高下，而是汲汲於追求生命真正的價值與愉悅。所以，我們也邀請有識的家長，帶著孩子跟隨詩佳老師的魔法，一同走入中國古代迷人的經典故事。我相信，那必然是無比歡樂而又豐盈的閱讀過程。

國立虎尾科技大學通識教育中心教授

王文仁

作者序

乘著經典的羽翼，解開《古文觀止》之謎

　　相信很多朋友不會忘記，過去在學習文言文的篇章時，總會遇到語言晦澀、難以理解的問題。這時，如果有人能幫我們把這些難懂的部分，通通轉化成現代易懂的文字語言，再搭配精彩有趣的詮釋，那麼，這些古老篇章的學習，想必就不會這麼困難。

　　確實，古典文學的學習首先必須克服的就是語言的障礙。如果這一關無法通過，就算文字的描述再怎樣美妙，傳達的微言大義多麼深刻有用，我們就是無法從中找到可以穿越的入口。為了讓更多的朋友，能夠更容易地進入古典文學高深的殿堂，詩佳老師特別規劃了「高詩佳說經典故事」系列，在浩瀚如煙的經典中為讀者選取最重要的篇章，透過獨特的想像力與創造力，將原本簡易難懂的文言文，改寫成一個又一個好看的故事。

　　書中的【經典故事】單元，由詩佳老師對原作進行小說式的鋪敘、改寫。【詩佳老師說】輕鬆帶領讀者深入淺出的賞析原作。【名句經典】抽出原作最精華的句子和主旨，道破其背後隱含的智慧與哲思。幽默諷刺的【漫畫經典】，用一到兩張漫畫強化讀者對故事的印象。這樣的引導安排，使整個閱讀的過程充滿趣味，讀者也將與我乘著經典的羽翼，在迷人的故事與圖畫中，開啟生命的格局與智慧。

　　在這個系列中，我們選的第一本書是《古文觀止》。《古文觀止》

的文章，主要出自《左傳》、《國語》、《戰國策》、《史記》等史書，也有許多文學家所寫的史論。史官記敘史實的筆法，著重於呈現歷史事實的發展而非結論，因此留下了許多空間讓讀者思索。至於文學家們，往往身兼政治人物，寫作有時必須有所保留，自然也留下不少值得我們玩味之處。

　　本書在寫作時，除了顧及史實與原作的考量外，更希望能跳脫框架，讓閱讀成為培養獨立思考能力的利器。比方說，在陶淵明的〈桃花源記〉裡，一般人僅讀到他所勾勒的美好世界，卻沒注意到文中的名士「劉子驥」，其實反映了陶淵明心中的失落與美好世界之不可得。同樣的，歐陽修在修《新五代史》時寫下〈新五代史伶官傳序〉，談到後唐莊宗李存勗的崛起與失敗，一般理解的是國君耽溺於聲律、信任伶人導致亡國。本書則指出：李存勗甘受伶人的巴掌，不只是盲目寵信，更由於他自小所受的藝術薰陶，使其將在台上受巴掌當成是戲的一部份，而非昏庸的鐵證。如此，人性的多面與完整性，在這樣的理解中就可以獲得保全。

　　諸如此等，詩佳老師在細心閱讀原文尋找問題的過程中，試圖解開《古文觀止》中的重重謎題。過程遭受不少障礙，卻也發掘出不少有趣的想法。為了能夠跟大家分享這些想法，於是決定將自己對古文原作的理解、考察、思索與史觀，化成一則則的短篇故事，用現代小說的筆法取代直白的翻譯，將生硬的古文「再創作」，讓埋藏其中的人生哲理和謀略一一解密。同時也讓更多的朋友們，在透過閱讀增強中文語文能力時，也能一同分享生命的智慧與喜樂。

目錄

春秋

❶燭之武的離間計

（春秋・左丘明《左傳・燭之武退秦師》）

【經典故事】

外頭來報：「晉公子重耳一行人正向國都走來。」

鄭文公擺擺手說：「我知道，退下吧！」卻沒有交代任何話。

大夫叔瞻上前勸告：「聽說晉公子賢明，他的隨從都是國家的棟樑，又與大王同姓姬，有同宗的情誼，應該以禮節迎接。」

鄭文公搖了搖頭，說：「從自己的國家逃出來、又經過我國的公子實在太多了，怎可能都按禮儀接待呢！」

叔瞻建議：「您如果不打算以禮相待，和重耳交個朋友，不如殺掉他，免得將來遭到他的報復。」

鄭文公哈哈大笑，根本不相信重耳有那麼大的能耐報復自己，也沒有聽從勸告禮遇重耳。後來重耳終於回到晉國，即位為晉文公。

過了幾年，晉國、秦國聯合起來圍攻鄭。晉軍駐紮在函陵，秦軍駐紮在氾南，隨時可以發動攻擊。晉文公對大夫子犯說：「在我逃難時，鄭伯不以禮相待而態度冷淡，這就算了，鄭還和楚國親近，顯然對我有二心。今天我就要一舉滅了鄭國！」

鄭文公坐在大殿上，得知晉、秦聯手攻來，焦急得不得了。

大夫佚之狐思索了片刻，就建議：「國家正在危急存亡之際，如果派燭之武去見秦伯，秦軍一定撤走，晉軍就無法獨自進攻

了。」鄭文公便下令召見燭之武。

燭之武見了鄭文公，卻慢調斯理的推辭道：「臣壯年時還遠不如人，現在老了更不中用啦。」

鄭文公放低姿態說道：「唉，我不能及早任用你，現在國家危急了才來求你，是我的錯。但鄭國滅亡，對你也不是好事啊！」燭之武便答應了。

到了晚上，燭之武就在腰間綁了根繩子，吊下城去求見秦穆公。他見了秦穆公就說：「秦、晉圍攻鄭國，鄭已經知道要亡。如果滅掉鄭國對您有利，那就沒話說了。但是越過別國，以別人的土地當作自己的國境，那是很難的。您這麼做，等於是滅掉鄭來增加晉國的土地，晉國擴大，您就削弱了啊！」

果然秦穆公面色一變，心想自己從未考慮過這點。

燭之武察言觀色，接著說：「如果您不攻打鄭國，而以鄭作為東方的盟友，只要貴國有使者來，鄭可以供應所缺，對您沒有害處啊！而且您曾經對晉文公有恩，晉君承諾要給您焦、瑕二地作為報答，但他早上才渡過黃河回國，晚上就修築防禦工事防備秦軍，這是您早就知道的。晉哪裡會滿足呢？既在東邊的鄭國開拓疆域，又想在西邊擴展領土，未來如果不侵犯秦國，那要到哪裡取得土地呢？恐怕是晉君有意要削弱秦國才攻打鄭，請您多加考慮。」

秦穆公聽了燭之武的話，深覺有理，於是就和鄭國締結盟約，又派遣杞子、逢孫、楊孫等人戍守在鄭國，協助防衛。等布署好一切，秦穆公就帶兵返國了。

晉軍見狀，都大感驚異。大夫子犯連忙請求晉文公截擊秦軍。

晉文公卻阻止說：「不可以！如果不是秦伯，就沒有今天的我。受人幫助而回過頭來害他，這是不仁；失去秦國友邦，這是不智；以混亂相攻取代團結合作，這是不武。我們回去吧！」於是晉軍撤退。

燭之武的一席話，就解除了鄭國的危機。

詩佳老師說

　　燭之武是利用秦、晉兩個強國之間的矛盾，來分化它們的。秦國、晉國合作聯手攻打鄭國，卻又存在著競爭和潛在的敵人關係，燭之武看清這點，就見縫插針，從兩國過去的恩怨切入：第一，指出晉文公曾對秦穆公失信，有過不良紀錄。第二，點出晉國攻打鄭國的真正目的，其實是晉文公為了報私仇，同時企圖併吞鄭國，出兵的動機就有問題了。第三，秦國距離鄭國很遠，現在秦國耗費兵馬攻打鄭國，只是「為他人作嫁衣裳」而已，對自己完全沒有好處。果然秦穆公聽進去了。想說服別人，就要處處為對方設想，才能打動對方的心。

名句經典

微夫人之力不及此。因人之力而敝[1]之，不仁。——《左傳·燭之武退秦師》

---

[1]　敝：ㄅㄧˋ。毀壞。

假如沒有別人的力量，我不會有今天的成就，依靠別人又反過來害他，這是不仁義的。比如說自己過了河，便把幫助自己過河的橋拆掉，達到目的之後，就把曾經幫助自己的人一腳踢開，這都不符合道義。相關詞是「過河拆橋」。

【漫畫經典】

臣年老不中用，您另請高明吧！

都是寡人的錯。但國家亡了，你也不能置身事外啊！

◆ 鄭文公求燭之武幫忙說服秦穆公退兵，燭之武不肯，文公對他動之以情。

過去晉文公曾對您失信，現在，他只是想利用您併吞鄭國而已。

◆ 燭之武見秦穆公，利用秦、晉兩國的矛盾，進行分化的計謀。

❷ 退避三舍的用心

（春秋‧左丘明《左傳‧退避三舍》）

【經典故事】

西元前633年，晉國友邦宋國的都城商丘，被楚軍團團包圍，幾乎淪陷。晉國為了救宋，又想趁機會實現霸業，不得不拉攏了齊、秦等國，與楚國兵戎相見。

晉文公重耳坐在軍帳內，看著參謀與將士們各個精神飽滿、自信十足的神氣，己軍兵強馬壯，勝券在握，也感到意氣風發，不禁想起那些年顛沛流離的生活……

「父親聽信驪姬¹的讒言，想改立奚齊為太子，還將太子申生殺了，聽說又要派人捉拿你我二人，」公子重耳對弟弟夷吾說：「我們各自奔逃吧！遲了就來不及了！」於是兄弟就此分道揚鑣，若干年後，夷吾先回到晉國，是為晉惠公。

重耳逃出晉國，到過翟²地、齊國、曹國、宋國、鄭國，或是受到冷落、或是接受禮遇。接著就來到了楚國，楚成王認為重耳日後必定大有作為，就以接待貴賓的禮儀迎接他，還招待他住在楚國。

這一天，楚成王設宴招待重耳。宴會裡歌舞喧天，美女如雲，

---

1 驪姬：驪，ㄌㄧˊ。春秋時晉獻公的夫人。晉獻公攻打驪戎時，獲驪姬，立為夫人，生子奚齊。
2 翟：ㄉㄧˊ。

楚王與重耳飲酒談天，觥籌交錯[3]之間，氣氛融洽。楚成王喝到酒酣耳熱[4]時，忽然半開玩笑地問重耳：「如果有一天，公子回晉國即位，該怎麼報答我呢？」

重耳舉起酒杯喝了口酒，思索一下便說：「妖嬈[5]的美女、忠心的待從、珍貴的寶物與絲綢，大王都有了；世間難見的珍禽羽毛、象牙獸皮，更是貴國的特產。那些會流散到晉國的物事，都是您不要的，晉國哪有什麼珍奇物品可獻給大王呢？」重耳將楚成王褒揚了一番。

楚成王仰頭大笑：「公子太謙虛了！話雖這麼說，可總該對我有所表示吧？」他揮揮手，命令樂工暫時將音樂停下來，氣氛就變得有點凝重。

重耳微笑說：「要是托您的福，真的回國當政的話，我願意與貴國友好。但如果晉、楚之間發生戰爭，雙方的軍隊即將交鋒，我一定命令軍隊先退後九十里路，禮讓您的軍隊；如果還不能得到您的原諒，堅持交戰，我只好左手拿著馬鞭和弓梢，右邊掛著箭袋和弓套，與您較量一番了。」

楚成王聽了，感到很驚異，左右大臣對重耳的言論，則是反感至極。然而楚成王僅是哈哈大笑，並不生氣，揮手命令樂工繼續演奏，再度舉起酒杯與重耳吃喝談笑，當晚賓主盡歡。

3　觥籌交錯：觥，ㄍㄨㄥ，酒器。酒器和酒籌錯雜相交。比喻暢飲。
4　酒酣耳熱：酣，ㄏㄢ，暢飲。形容喝酒意興正濃的暢快神態。
5　妖嬈：嬈，ㄖㄠˊ。美麗而輕佻的樣子。

曲終人散[6]後，楚國大夫子玉急忙去見楚成王，勸道：「大王，重耳這麼狂妄，如果留下他，恐怕會像養一頭老虎，將來會作亂的！不如趁機除掉他。」語氣老練狠辣。

　　楚成王神態自如地說：「晉公子志向遠大而生活儉樸，言辭文雅而合乎禮儀，他的隨從態度恭敬而待人寬厚，忠心盡力。現在的晉惠公夷吾，身邊沒有親信，國內外的人都憎恨他。看來姬姓這族，要靠重耳來振興了。老天要他崛起，誰又能剷除他呢？逆天而行必會遭到大禍，此事不必再提。」

　　子玉行禮告退而去，心中對大王的識人之明與氣度佩服不已。後來，楚成王就派人將重耳送去秦國。秦穆公熱烈地接待重耳，四年後，就將重耳護送回晉國。此時晉國由夷吾之子晉懷公執政，懷公的施政十分受到人民反對，最後被迫出奔。

　　重耳終於回到晉國，即位為晉文公。他在諸侯當中威信很高，在他的執政下，晉國日益強大，並與楚、秦等曾經幫助他的國家，維持良好的往來……

　　晉文公坐在軍帳內，低頭沉思：「然而這是不夠的，我想像齊桓公那樣，做中原的霸主！」他想到楚成王待自己的恩義及當時的諾言，於是發布了一道命令：「我軍後退九十里，駐紮在城濮。」

　　楚軍見晉軍拔營後退，以為對方害怕了，馬上追擊。晉軍卻利用楚軍驕傲輕敵的弱點，集中兵力，大破楚軍，還把楚軍留下的糧食吃了三天才回國，取得了城濮之戰的勝利。

6　曲終人散：比喻場面熱鬧後趨於冷清。

　　這個故事，表現出楚成王的遠見與晉文公的雄才大略。表面上，是晉文公講究誠信，「退避三舍」有回報楚成王的意義，為晉文公博得了美名；但實際上，就戰略的觀點來看，「以退為進」正是戰術的運用，這是表面上退卻，其實準備進攻的一種策略。這種作法的優點，可以讓對手卸下過高的防備心，手法就是「假裝示弱」，除非對手太過謹慎，否則往往躁進，而容易掉入陷阱。所以我們在閱讀故事時，要能挖掘背後的意義，才能提高對故事的理解。

名句經典

晉、楚治兵，遇於中原，其避君三舍。——《左傳・退避三舍》

　　晉國和楚國交戰，雙方軍隊交鋒，就讓晉軍退避九十里地。古時行軍計程以三十里為一「舍」，晉文公退讓九十里，也就是三舍。比喻遇到實力很強的對手，為避免正面衝突折損太多，便主動讓步，不與人爭。相關詞是「退避三舍」。

◆ 重耳先禮後兵，先褒揚楚成王，再展現出帝王氣派。

❸ 多行不義的後果

（春秋‧左丘明《左傳‧鄭伯克段於鄢》）

【經典故事】

身為父母親的如果偏心，很可能為子女帶來莫大的災害。

周朝末年，鄭武公娶了申國的女子武姜，生下莊公和共叔段，但因為武姜偏愛小兒子，而造成兄弟相殘的悲劇。

莊公出生時胎位不正，造成難產，使得母親武姜的心中留下陰影，所以討厭起這個大兒子，還給莊公取名為「寤生」，意思就是「腳先出生」。武姜討厭長子，卻很偏愛小兒子共叔段，當莊公和共叔段長大後，她便希望立共叔段為太子，可是每次向武公請求都遭到拒絕。

等到武公過世，莊公即位了，武姜就請求大兒子，希望能讓共叔段封在「制」這個地方。

莊公委婉地回應母親：「制是形勢險峻的地方，從前虢叔就是死在那裡，很不吉利，要是別的地方我一定從命。」其實莊公是為了防範共叔段造反，所以不能將這麼好的地方送他。

武姜又請求封共叔段在「京」地，莊公就答應了，還稱共叔段為「京城太叔」，意思是莊公的第一個弟弟，這稱號讓母親和弟弟極有面子。

然而這麼做實在不符合君臣的禮節，大夫祭仲便憂慮地勸莊公說：「都城的城牆長度太高，就容易抗命，將會給國家帶來禍害。

所以大城的城牆，不會超過國都的三分之一；中等的，不超過五分之一；小的，也不超過九分之一。現在京地已經不合乎規矩了，您將會有困擾的啊！」

莊公揚了揚眉，說道：「這是姜氏要求的，我哪有辦法呢？」背著武姜，莊公連「母親」的稱呼都省了，直呼「姜氏」。

祭仲想要再試探莊公的心意，就勸道：「姜氏貪婪，不如早一點處置，不要讓太叔繼續擴張土地，萬一蔓延就難處理了。野草尚難鏟除，何況是君王的弟弟呢？」

沒想到莊公哈哈笑道：「做了太多不義的事，必定自取滅亡。你等著看吧！」祭仲哪裡知道莊公故意不處理，其實正是為了等共叔段犯錯，然後藉此除掉他。

果然過不久，共叔段就命令西鄙、北鄙兩地聽他管轄，逐漸僭越[1]體制，似乎以國君自居了。

大夫公子呂看不下去，就對莊公說：「國家不容許有兩個君王，您打算怎麼辦呢？如果您想把國家交給太叔，那麼臣就去侍奉他；如果不是，就請把他除掉，不要讓民心背離。」莊公擺一擺手說：「不必，他將會自尋死路的。」

後來共叔段更把西鄙、北鄙據為己有，還將領土更擴大了。

公子呂急了，又對莊公勸道：「可以討伐了！再讓太叔擴張勢力，追隨他的民眾會越來越多的。」

然而莊公卻一點都不擔心地說：「他對國君不義，對兄長不

---

[1] 僭越：僭，ㄐㄧㄢˋ。假冒名義，超越本分。

親，想造反也沒有正當性，勢力雖大，仍然不能團結眾人的。」

接著，共叔段便開始修城郭、聚糧食、修補武器，準備戰士、戰車，想偷襲鄭國的都城，據說國母武姜準備開城門作內應。

當莊公得知共叔段進兵的日期時，就點點頭說：「時機到了。」於是命令子封率領兩百輛戰車討伐京地。結果連京地的人民都反對共叔段，不肯聽命造反，共叔段只好落荒而逃。

人倘若仗著自己的權勢，而不顧應有的道德，久而久之就會因為做了太多不義的事，遭遇自取滅亡的下場。

詩佳老師說

　　鄭莊公是個深謀遠慮、有才幹的政治人物，也是虛偽的統治者，他明知母親和弟弟的陰謀，卻不加以勸阻，反而故意縱容，讓共叔段掉入陷阱，藉機消滅段的勢力。別人養虎貽患[2]會害到自己，莊公卻是為了殺掉老虎而養老虎，因為兄弟相殺不祥，他也不願背負殺害弟弟的惡名，只好養大了老虎，才能師出有名。歷史上說，莊公最後與母親和好見面了，但是他思念母親的舉措，只不過是為了欺騙國人罷了；而武姜為了生存，也只能當個寬容的慈母，一切都是政治的盤算。

2　養虎貽患：比喻不除去仇敵，將給自己留下後患。

多行不義必自斃。——《左傳・鄭伯克段於鄢》

　　人如果做了太多不義的事，自然會遭遇自取滅亡的下場。自古以來人們崇尚道義，鄙視背信棄義的小人，是普世價值。從信仰的角度看，行善是累積的，行惡也是，又有報應的說法，認為天道必定會賞善罰惡。相關詞「咎由自取」[3]。

【漫畫經典】

共叔段僭越國家體制，請大王盡快下令除掉他吧！

慢點，要先將老虎養大，才能夠宰來吃。

◆ 公子呂勸鄭莊公阻止共叔段擴張勢力，但莊公不肯，想等待時機。

3　咎由自取：所有的責難、災禍都是自己找來的。有自作自受之意。

❹是誰殺了國君？

（春秋·左丘明《左傳·趙盾弒其君》）

【經典故事】

晉國大臣趙盾和平常一樣，與其他大夫在議政殿等待早朝。

這時天還沒亮，昏暗中，趙盾彷彿看見幾個宮女偷偷摸摸地推著車，從殿前經過。忽然他瞥見車上的畚箕垂下了一隻人手，連忙叫住宮女盤問，才知道昨晚的熊掌沒燉爛，晉靈公大怒，竟命人將廚師宰了，然後將屍體載去扔掉。

趙盾驚駭不已，心想：「大王荒淫無道，做出許多殘忍的事，不但向百姓徵收重稅裝潢宮牆，還幼稚地在高台上用彈弓射人，現在更濫殺無辜，如何是好？」

大臣士季先去勸靈公。靈公見了他，立刻就說：「我知錯了，將會改正。」士季高興地行禮說道：「人人都會犯錯，您知錯而能改，真是太好的事啊！」但靈公只是嘴上說說罷了，依然我行我素，繼續做出許多殘忍的事。

趙盾很心急，認為委婉的勸說無效，就用強硬的話勸諫。這使靈公非常反感，私下派出刺客鉏麑[1]刺殺趙盾。

鉏麑趁著昏暗的清晨，到趙盾家執行任務。此刻趙家人還在沉睡，唯獨趙盾的房門開著，從門縫微微透出光亮來。鉏麑向屋裡張

---

[1] 鉏麑：ㄔㄨˊㄋㄧˊ。人名。

望，只見趙盾已經穿戴整齊準備上朝，可是時辰還沒到，就先坐在椅子上打盹。

鉏麑嘆著氣，心道：「此人不忘恭敬，又能勤政，是百姓的福氣。殺了他是不忠，不服從國君的命令是沒有信用。不論哪一樣，我都沒有臉活在世上了。」於是一頭撞死在趙家的槐樹下。

靈公仍不死心，處心積慮地安排筵席，賜趙盾酒喝，暗地裡卻派人刺殺他。趙盾的武士提彌明察覺了，立即上前扶著趙盾離開。

靈公又叫獒犬出來攻擊他們，但提彌明非常神勇，徒手就把獒犬打死了，只不過雙拳難敵眾多的惡犬，最後還是殉難了。

就在趙盾失去保護、獨自奮力搏鬥之際，突然追兵中有位身手矯健的士兵，反過來替趙盾抵擋攻擊，助他脫身。趙盾問士兵為什麼倒戈² 相助？士兵神色激動地說：「您記得嗎？我就是那個餓倒在桑樹底下被您搭救的人。」

這話喚起遙遠的記憶，趙盾記起某天出外打獵時，在桑樹下過夜，遇到一個飢餓倒地的人，名叫靈輒。趙盾送食物給他，他卻只吃一半，原來是為了省下來給母親吃。趙盾便要他吃完，另外準備整筐的飯和肉給他帶走。這份恩情，靈輒一直銘記在心。

趙盾很感謝靈輒的相助，趕緊詢問他的名字和住處，可是靈輒一句話也不說就走了。於是趙盾開始逃亡。沒多久，宮內傳來趙盾的堂弟趙穿刺殺靈公的消息，當時趙盾還沒逃出國境，聽說靈公已死，就馬上趕回來。

2　倒戈：軍隊背叛，反戈相向。

史官董狐於是寫道：「趙盾弒殺了他的國君。」並且拿到朝廷上公布。

趙盾知道後極力辯解。董狐卻冷冷地說：「您是國家大臣，明知將受到嚴厲的處置，逃亡時竟然不逃出國境；返回時也不聲討弒君的趙穿，豈不可疑？若不是您殺害國君畏罪潛逃，又會是誰呢？」後來趙盾果然不顧爭議地重用趙穿。

董狐冷眼旁觀這一切，繼續對著燭火書寫歷史，誠實地將人們的是非功過記載下來，好留待後人評說。

詩佳老師說

趙盾逃亡，還沒逃離國家，就傳出靈公被趙穿刺殺身亡的消息，於是連忙趕回來。史官董狐記載此事時寫道：「趙盾弒其君。」趙盾當然要抗議，說人不是他殺的，是趙穿殺的。董狐就冷冷地回應：「既然要逃亡，為何不逃出國境？返回以後，為何不聲討弒君的趙穿？所以人是你殺的。」許多人讀這段歷史，以為董狐不分青紅皂白亂寫，事實上，後來趙盾非但沒有聲討趙穿，還不顧爭議地重用趙穿，加上兩人是親兄弟，瓜田李下[3]，人是誰殺的，似乎就呼之欲出了。

---

[3]　瓜田李下：比喻容易引起懷疑的場合。

人誰無過，過而能改，善莫大焉。──《左傳·趙盾弑其君》

　　人生在世誰沒有過錯？有過錯而能改正，沒有什麼比這更好的事。因為每個人的智慧侷限及人性的弱點，要讓人認識、承認自己的缺點，並且改正，不是件容易的事，但聰明的人會記取錯誤經驗，自我反省。相關詞「知過能改」。

【漫畫經典】

趙盾勤政愛民，我怎忍心殺他！不如撞死好了。

◆晉靈公派鉏麑去刺殺趙盾，鉏麑不忍，於是撞死在趙家的槐樹下。

聽說趙穿殺死靈公了！

弟弟此事做得很好，我可以回去重掌政權！

◆宮內傳來趙穿刺殺靈公的消息，趙盾還沒逃出國境，就馬上回來。

❺ 信任的眞諦

（春秋・左丘明《左傳・周鄭交質》）

【經典故事】

很多年以前，有位智者將這段歷史寫了下來，告訴我們信任的眞諦：

在一個寂寞的黃昏，無邊無涯的旅途中，周平王的王子「狐」只帶著幾個隨從，就匆匆忙忙地上路，往鄭國的方向前進。

一路上，狐的心情是複雜的，他忍住不平與埋怨，無奈地想：「今天這一去，恐怕再也沒有回國的機會了。」

狐怎麼也想不到，父親是以什麼心態命親骨肉到鄭國作人質[1]的？

在古代，人質政治時常用在兩國結盟時，因為口頭約定往往沒有什麼用處，於是就有了「人質」的產生，將國家命運和皇家骨肉的命運連在一起。最直接的辦法，就是將皇子送到盟國當人質，作為許諾的保證。

王子狐就是這種國家角力之下的抵押品。

時光回到了隱公三年，鄭武公、莊公父子相繼擔任周平王的執政大臣，相當於宰相的位置，位高權重，顯赫無比。這點讓周平王非常不安，深怕鄭君父子坐大，因此想了一個讓權力分散的法子。

---

[1] 人質：為了取信於對方而作為抵押，或為對方所拘留的人，稱為「人質」。

周平王命令虢公參與執政，偶爾也將政權分給虢公。這麼一來，鄭莊公自然坐臥不安，氣得跳腳了，因為他父子倆獨享大權多年，怎麼能平白地讓虢公分享？因此十分怨恨。

　　周平王當然對鄭莊公的埋怨略有耳聞，心裡也著實忌憚[2]莊公，為了安撫他，便來跟莊公交心，說：「沒有這回事！我哪有重用虢公？那純粹是別有用心的人製造謠言。這樣吧！我把我的兒子狐與你的兒子忽交換，當做抵押品，以表達我對你的信任和倚重，不就沒事了嗎？」鄭莊公就答應了。

　　於是周、鄭兩國交換人質，周王室的王子狐到鄭國做人質，而鄭國的公子忽到周王室做人質。

　　沒想到世事多變化，周平王不久就逝世了，王室打算將執政大權託付給虢公。鄭莊公聽說了，非常不滿，就派遣大夫祭足帶兵到周的國土，割取了溫地的麥子；到了秋天，又去收割成周一帶的穀子，簡直是明目張膽地侵犯周天子的領土。此後，周王室和鄭國就結下了仇恨。

　　寫到這裡，智者長嘆一聲放下了筆，說道：「如果不能發自內心誠意的交往，就算交換人質也無濟於事啊！如果雙方能互相諒解的行事，再用禮儀彼此約束，雖然沒有人質，又有誰能離間他們？有誠信的君子締結兩國之間，按照禮儀行事，又何需人質呢？唉，這些人實在不懂信任的真諦啊！」

2　忌憚：憚，ㄉㄢˋ。有所畏懼而不敢妄為。

詩佳老師說

《左傳》把周、鄭稱為「二國」，就暗含譏諷之意。周是天子，鄭是諸侯，天子和諸侯的地位有分高下，並稱周、鄭「二國」於禮不合，反映了當時的政治現實。周天子自東遷後，軍權、政權已經大不如前，如果遇到外敵，就需要由鄭國出兵保護，依賴久了，天子對鄭莊公懷有戒心，想將鄭的權力分散，就用謊言敷衍，自降身分與鄭莊公交換人質，以表示互信，失去了天子的尊嚴。周平王身為當權者沒有實力，不能服人，下面的諸侯就會作亂，天下因而大亂。

名句經典

信不由中，質無益也。——《左傳·周鄭交質》

信用如果不是發自心中，交換人質也沒用。守信是人的美好品質，人際的最高境界，就是追求真誠的信任，只是理想與實際是有差距的，因此要訂立合約、交換人質以約束信用，這也突顯了雙方不信任的程度。相關詞「信守不渝」[3]。

3　信守不渝：堅持守信而不改變。

◆ 周、鄭交換人質，周王子狐到鄭，而鄭的公子忽到周做人質。

❻ 沒有嘴唇，牙齒就會受寒

（春秋・左丘明《左傳・宮之奇諫假道》）

【經典故事】

虞國與虢國相鄰，所以晉國打算借虞的路進兵去滅掉虢。

虞國大夫宮之奇看出晉國其實是要順路吞併虞，好將虞、虢一舉併吞，就向虞公苦諫，想讓君王注意這件事。

宮之奇憂心地說：「虢國是我們的鄰國，又是我們的屏障，一旦虢國滅亡，我們必定跟著滅亡。晉國向我們借路攻打虢，是不懷好意啊！我們不能引起晉的野心，對侵略者的行為更不能忽視。上次借路已經過分了，怎能再借第二次呢？俗語說：『輔車相依，唇亡齒寒。』人的嘴唇和牙齒互相依靠，虞和虢的關係也是如此啊！」

虞公搖頭不信，反駁道：「晉國的國君是我的同姓兄弟，難道會害我嗎？」

宮之奇著急地說：「國際之間只有利害，沒有情義。虢的祖先虢仲、虢叔在宗族關係上，比虞更接近晉國，可是晉國的歷代君王都是六親不認的，現在他們準備滅掉虢國了，對於宗族關係較遠的我們，又怎麼會愛惜呢？只要對晉侯造成威脅，就算是親族也要殺害，何況是為了擴張領土的利益呢！」宮之奇一語道破虞公的迂腐和不切實際。

面對宮之奇的苦口婆心，虞公仍舊頑固而有自信地說：「我用

來祭祀的物品豐盛潔淨，神明必定會保佑我的！」

宮之奇聽虞公如此昏庸，不禁有氣，卻還是竭力勸道：「如果晉國滅掉虞，是不會有什麼後患的。聽說鬼神不親近每個人，只親近有德行的人，所以《周書》說道：『上天對人不分親疏遠近，只有德行完美的人才能得到老天的幫助。』又說：『祭品都差不多，只有品德高的人提供的祭品，才是真正的祭品。』如果沒有德行，人民就不會和睦，神明也不會享用祭品。所以，神明在意和保佑的只是德行。」

虞公沉默不語。

宮之奇接著說：「如果晉國吞併了我們，然後開始弘揚美德，進獻芳香的祭品給神明，神明難道還會把祭品吐出來嗎？自然是笑納接受了。所以就算晉國滅掉我國，神明仍然會保佑他們的。」

宮之奇這番話說得句句是理，可惜頑固的虞公不聽勸諫，還是答應晉國借道路攻打虢國了。

於是宮之奇連忙帶著家人倉皇地逃離虞國，他說：「虞國不但過不了年終的臘月，也沒有機會祭拜神明了！這次虞國必定會被晉國消滅，晉國連再次調集軍隊攻打我國，都不必費事了。」

果然那年的冬天，晉國成功地滅了虢國，在班師回晉的路途中，借住虞國，又趁機侵占虞，同時也捉住了虞公。

詩佳老師說

　　認知錯誤，將造成嚴重的誤判，在故事中，虞公犯了三項錯誤：第一，以為自己和晉侯同姓「姬」，祖先有血緣關係，就認為彼此應該以誠相待；但卻沒有想到，晉侯連更親的同祖兄弟虢都能誅殺，更何況是遠親的虞？第二，認為自己這麼虔誠，神明一定會保佑，但如果君王無所作為又引狼入室，鬼神該從何保佑呢？第三，相鄰的小國應該團結起來抵禦外侮，虞公卻反而助晉滅虢，使自己孤立，虞國會滅亡不是沒有原因的。

名句經典

輔車相依，唇亡齒寒。——《左傳‧宮之奇諫假道》

　　輔[1]在外，車在內，互相依靠，就如同沒有嘴唇，牙齒就會受寒。俗語說：「團結就是力量。」若不團結，任何力量都是弱小的。當個人或國家處於弱勢，聯合他人或他國的力量才能克服困難，成就大事業。相關詞是「脣齒相依」。

1　輔：車兩旁的夾木。

◆ 晉國與虢國中間隔了虞國，所以晉打算借虞的路進兵滅掉虢。

❼ 子魚論作戰

（春秋‧左丘明《左傳‧子魚論戰》）

【經典故事】

西元前638年，宋、楚兩國爲了爭奪中原的霸權，在泓水邊發生戰爭。當時鄭國與楚國互爲盟友，宋襄公爲了削弱楚國的力量，出兵攻打鄭國。楚國也立刻出兵援救，於是爆發了這場戰爭⋯⋯

雖然楚強宋弱，但宋襄公準備應戰了。

宋國的大司馬子魚竭力地勸諫：「上天拋棄商朝已經很久了，您想要振興商朝，那是不可能的事，還是放過他們吧！」可是宋襄公是個野心勃勃的君主，聽不進子魚的話。

宋和楚在泓水交戰。宋軍已經先到了一步排好陣勢，人人手執兵器鎮定的等待敵軍；楚軍卻隊伍凌亂，還沒有全部渡過泓水。

大司馬子魚看見這情形，便高興地建議宋襄公：「兩軍相比，楚軍人多，我軍人少，在敵強我弱的狀況下，應趁他們還沒有全部渡過泓水，下令攻擊！」然而宋襄公伸手阻止，說：「不可以這樣做，這是趁人之危。」

終於楚軍的兵馬一個個登陸了，搖旗吶喊，氣勢漸大，直到全部渡過泓水，但還沒擺好陣勢。子魚急得滿頭大汗，苦勸襄公：「趁著楚軍的氣勢還沒凝聚，該下令攻擊了！」宋襄公卻搖頭說：「還不可以。」子魚心裡非常焦急。

就在說話間，楚軍終於擺好陣勢，宋襄公才下令擊鼓進攻，楚

軍如排山倒海般殺來，宋軍幾乎被酷烈的殺伐之聲淹沒，大敗而逃。宋襄公就在混戰中被毒箭射中，大腿受傷，連左右的護衛都陣亡了。

眾人護送襄公狼狽的向西北退去，拚命逃跑，好不容易才得以逃脫，直到離戰場遠了，才讓隨軍太醫爲襄公拔出箭來，把傷藥敷上。

泓水之戰楚國大勝，宋國全國上下都怪罪宋襄公。

襄公臥在床上，雙頰深陷，毒氣已經深入骨髓，卻還是說：「君子不會殺害受傷的敵人，不會俘虜白髮蒼蒼的老人。古人用兵時，也不會藉著險隘[1]的地形阻擋敵人。我不願意對還沒排好陣勢的敵人攻擊，那是小人的行爲。」

子魚嘆著氣說：「唉，仁慈的您不瞭解戰爭啊！強大的敵人在險地來不及布陣，那是天助我們，這時候襲擊他們，有什麼不可以？何況還不見得能獲勝。姑且不論跟我們作戰的是敵人，即使七八十歲頭髮全白的老頭子，我們也要抓起來殺掉，何況只是頭髮斑白的人呢？」襄公默然不語。

子魚又道：「我們鼓勵士氣的目的，就是要消滅敵人！爲什麼不能殺死受傷、但還沒死的敵人呢？若是不忍心殺害受傷的敵人，那乾脆不要傷他；若是不忍心俘虜頭髮斑白的敵人，那不如投降。軍隊是爲了打勝仗而發動的，鐃[2]鼓是用來振奮士氣的。既然如此，

1　險隘：隘，ㄞˋ。險絕重要之地。
2　鐃：ㄋㄠˊ。樂器名。青銅製，形似鈴無舌，體短而闊，有中空的短柄可安木把。用以止息擊鼓。

那麼利用險隘的地方與敵人對抗，攻擊尚未擺好陣勢的敵人，當然可以啊！」

宋襄公緩緩地睜開眼來，對著子魚和滿屋子的大臣、嬪妃瞧了瞧，痛悔地說：「我本來以紂王為戒，對人講仁義，想要做出一番大事業，可惜我沒能做到。」他嘆了口氣，眼角滾出淚來。次年，宋襄公便因為重傷不治逝世，由兒子宋成公繼位。

詩佳老師說

「對敵人仁慈，就是對自己殘忍」，這是子魚想告訴宋襄公的。戰爭開始時，形勢對宋軍有利，可是襄公死抱著「君子不乘人之危」的迂腐教條不放，危急之際對敵人大講仁義，拒絕接受子魚的意見，以致錯失時機，慘遭失敗。子魚對戰爭的觀點和襄公的迂腐，形成強烈對比，子魚主張抓住先機，攻其不備，先發制人，徹底消滅敵人，在戰爭中弱勢的一方才能奪取勝利；襄公雖有野心，卻固守古老的用兵法則，必然會走向失敗的結局。

名句經典

先發制人，後發制於人。——東漢・班固《漢書・項籍傳》

指戰爭中的雙方，先採取行動的往往處於主動地位，可以制伏對方。通俗的說法就是「先下手為強，後下手遭殃」的意思。但是「先下手」也未必能得勝，重要的是要有洞察力，才

能準確地判斷行動的時機。相關詞是「先聲奪人」[3]。

【漫畫經典】

楚軍再走十步就打過來，大王該下令攻擊了！

不可以這樣做，這是趁人之危。

◆ 宋與楚交戰，楚軍步步進逼，宋襄公卻因為婦人之仁錯失攻擊良機。

3　先聲奪人：比喻搶先以聲勢壓倒別人。

❽一鼓作氣的奧妙

（春秋・左丘明《左傳・曹劌論戰》）

【經典故事】

魯莊公十年的春天，一點也不平靜，齊國派出強大的兵馬攻打魯國，魯莊公準備迎戰。這場戰爭，使得溫暖的春天充滿了肅殺之氣。

魯國的軍事家曹劌[1]聽到消息，就請求進見莊公，希望能貢獻自己的才能。親友們疑惑地問他：「打仗的事，自然有那些大夫以上的人謀畫，你又何必淌這種渾水呢？」

曹劌哈哈一笑，說：「那些人很淺薄，不能深謀遠慮的。」於是進宮去了。

莊公聽說曹劌來了，親切地接見他。一見面，曹劌劈頭便問：「敢問您憑什麼要百姓支持這場戰爭？」莊公毫不猶豫地說：「有舒適的衣服，我不敢獨享，一定會分給百姓，將財富與民共享。」曹劌卻皺眉道：「這種小恩惠無法分給所有人，老百姓不會跟從您的。」

莊公又說：「我也不敢擅自增加祭祀用的牛羊和玉帛，一定會誠實地獻給神明。」曹劌搖搖頭，道：「這種小誠實也無法取得神的信任，神不會降福的。」

1　劌：ㄍㄨㄟˋ。

莊公略思索了一下，又說：「所有的官司案件，雖然不能全部明察，但一定會按照情理去處置。」曹劌才高興地說：「這的確是為百姓盡心盡力啊！我軍可以一戰了。出戰時，請讓我跟隨您吧！」莊公答應了。

到了齊、魯兩軍準備交戰的時刻，莊公和曹劌共乘一輛車，在長勺這個地方和齊軍對峙。莊公準備擊鼓進軍了，曹劌卻伸手阻擋說：「還不行。」莊公感到奇怪，但還是聽從曹劌的話止住不發。

等齊軍擊了三次鼓之後，曹劌才點頭說：「可以開戰了。」於是莊公下令擊鼓發動攻擊。

兩軍交戰，魯軍氣勢如虹，齊軍果然戰敗，分頭迅速逃竄。莊公見獵心喜，打算乘勝追擊，曹劌卻阻止說：「時機還沒到。」只見他忽然跳下車，來回地檢查齊軍的車輪痕跡，又登上車前的橫木瞭望齊軍，看了一會兒才說：「可以追擊了！」在魯軍的追擊下，齊軍終於被徹底擊敗。

戰爭結束後，魯莊公忍不住問曹劌：「為何三番兩次阻止我發兵呢？」

曹劌微笑著說：「作戰，靠的是士兵的勇氣。第一次擊鼓時，士氣最振作；第二次擊鼓的聲響，就會比前次衰退了；等到第三次擊鼓，士兵的勇氣就會消失殆盡。我們等齊軍擊完戰鼓，當他們士氣竭盡時，卻是我軍最振奮的時候，所以很容易就打敗齊軍了。」

莊公點點頭，一邊沉思箇中奧妙。

曹劌繼續說：「至於我為什麼不讓您乘勝追擊？那是因為大國的實力很難預測，我擔心齊軍詐敗，在路上設置埋伏突襲我軍，所

以下車查看齊軍的車輪，發現車輪痕跡混亂；再登高遠望，又看見敵軍的旌旗東倒西歪的，一副顧著逃命的樣子，不像是做假，才有十足的把握下令追擊。這場戰爭就是這麼得勝的。」

　　莊公聽完曹劌論戰後，終於恍然大悟，忍不住哈哈大笑起來，對曹劌的軍事才能佩服不已。

詩佳老師說

　　這個故事是講曹劌作戰的奧妙之處，重點並不是描述戰爭的情況，而是在強調曹劌運用的「戰術」，所以詳細的呈現曹劌與魯莊公的對話。透過曹劌對戰爭的解說，以及「弱國戰勝強國」的史實，表現出曹劌卓越的政治和軍事才能。故事告訴我們，在戰爭時，只有獲得人民的支持，加上運用正確的戰術，才能取得勝利。在說故事的技巧上，又將曹劌和魯莊公對比，突顯了曹劌的遠見和魯莊公的短淺，但是魯莊公能夠虛心求教，也是難能可貴的。

名句經典

夫戰，勇氣也。一鼓作氣，再而衰，三而竭。——《左傳·曹劌論戰》

　　打仗是靠勇氣。第一次擊鼓，能振作士氣；第二次擊鼓，士氣就減弱了；第三次擊鼓，士氣就會消耗殆盡。所以在第一

次發動時，就要力求精準、有力，務求達成目的，因爲越到後面的氣勢越弱，不利於成事。相關詞「一氣呵成」[2]。

將軍，敵人已經擊鼓擊到沒力了！

好！趁他們沒力，我們立刻進行第一次擊鼓！

◆ 曹劌認為首次擊鼓士氣最佳，等齊軍士氣竭盡再擊鼓，就很容易打敗齊軍。

2　一氣呵成：一口氣完成。比喻文章或繪畫的氣勢流暢，首尾貫通；或工作安排緊湊、不間斷。

❾ 介之推的風骨

（春秋・左秋明《左傳・介之推不言祿》）

【經典故事】

有句話說：「介之推不言祿，祿亦弗及。」介之推從來不要求賞賜，賞賜便也輪不到他。怎麼會這樣？論功行賞，不是天經地義的事嗎？

話說在晉獻公時，宮廷發生內亂，公子重耳被迫害出逃，逃亡的途中沒有食物可吃，飢腸轆轆的重耳只好吃野菜充饑，尊貴的公子怎嚥得下野菜呢？在旁的介之推就割下大腿的一塊肉，煮成湯，端給重耳喝。

重耳讚美湯的味道，後來發現介之推走路一拐一拐的，追問之下才明白真相，令重耳感動不已，對介之推承諾：「等我回國後，必定重賞你。」

若干年後，重耳回到晉國，平定了叛亂，成為有名的晉文公。意氣風發的文公，對追隨的臣子論功行賞，卻唯獨忘記介之推。

介之推便對老母親說：「獻公有九個兒子，現在只有君王還在。君王的弟弟夷吾和夷吾的兒子沒有親信，國內外都拋棄他們。老天不想滅晉，所以安排文公成為君王。現在掌管國家的人，不正是文公嗎？這是天意。那些跟隨君王逃亡的人，卻認為是自己的功勞，這不是欺騙嗎？偷竊錢財叫做盜竊，更何況搶了老天的功勞！臣子把罪過當做正當，國君又賞賜這群小人，上下互相欺瞞，我實

在很難和他們相處共事！」

　　說罷，介之推的心裡不禁有氣，並不是因為沒有得到封賞，而是對汙濁的政治感到氣憤。

　　母親憂慮地說：「你為什麼不去要求賞賜呢？這樣貧窮的死去，又能埋怨誰？」因為擔心愛子，老母親臉上的皺紋似乎更加深了。

　　介之推神情嚴肅，慨然說道：「我責備這種行為而自己又去做，是罪加一等。況且我已經說出埋怨的話，以後更不能拿君王的俸祿了。」

　　母親仍然不放棄，柔聲勸說：「你就讓君王知道這些想法，好嗎？」

　　介之推搖搖頭，堅定地回答：「言語，只是人的裝飾。我就要隱居了，還要裝飾做什麼？這樣等於是向他們乞求顯貴，我不願意。」介之推表現出讀書人的傲骨。

　　母親知道兒子為人正直，只好嘆氣：「你真的能夠隱居起來嗎？那麼娘就和你一起隱居吧！」於是，介之推便帶著老母親歸隱山林，躲進了綿山。

　　有人為介之推抱不平，作詩諷刺晉文公忘恩負義，詩歌在大街小巷流傳開來，很快就傳到文公耳中。文公有些慍怒[1]，但為了彌補過錯，便親自帶著大臣前往綿山迎介之推出山，介之推卻躲在山中不願出來。

1　慍怒：慍，ㄩㄣˋ。怒恨、生氣。

趙衰[2]、狐偃[3]等人非常嫉妒介之推，便建議文公：「只要燒掉三面的山，留下逃生的路，介之推爲了救母親必定下山。」

　　糊塗的晉文公答應了。趙衰、狐偃卻將山的四面都燒掉，等火熄滅後，文公派人上山，才發現介之推與母親抱著一棵大樹，早已經被火燒死。全國哀悼介之推的死，於是文公定這天爲寒食節[4]。

詩佳老師說

　　介之推認爲晉文公能夠重新奪回政權，是天命的體現，那些大夫卻將老天的功勞據爲己有，是貪婪的表現，等於是犯罪，但晉文公卻不以此爲奸，還給予賞賜，這就成了上下蒙蔽，介之推不屑同流合汙，因此決定歸隱山林。再從另一個角度看，介之推是言行一致的君子，晉文公是政客，先前忘記行賞與之後愚蠢燒山的決定，也可能源自「忌才」的心態，天下人寫詩諷刺晉文公，晉文公豈有不怒？燒山恐怕才是眞意，有的國君只能共患難而不能共安樂。

2　趙衰：字子餘，春秋時晉國大夫。從文公重耳流亡在外十九年，輔佐文公定霸業。或稱為「趙成子」。

3　狐偃：偃，一ㄢˇ。字子犯，為晉文公舅舅，亦稱為「舅犯」。跟從文公重耳流亡在外十九年；文公歸國，就以偃為大夫，言聽計從，最後輔佐文公平定周室之亂而成霸業。

4　寒食節：每年冬至後一百零五日，約在清明節前一、二日，在這天禁火吃冷食。

介之推不言祿，祿亦弗及。——《左傳·介之推不言祿》

　　介之推一向不誇耀自己的功勞，也不求賞賜，因此就沒有得到應有的俸祿。意思是：如果我沒有付出，那麼我也不會接受別人贈給我的財物，這是君子的一種美德。正人君子，絕不拿昧著良心得來的錢。相關詞是「無功不受祿」。

【漫畫經典】

娘，他們是故意要燒死我們嗎？

火燒旺一些，他才會快點下山為國家效力啊！

◆ 晉文公答應趙衰、狐偃燒山，欲將介之推逼下山做官，卻不慎將他燒死。

❿ 王孫滿用言詞退敵

(春秋・左丘明《左傳・王孫滿對楚子》)

【經典故事】

楚莊王是楚成王的孫子，在位三年了，什麼事也不管，整天不是醇酒美人，就是到山野之間打獵為戲。

大臣們紛紛勸告莊王，但是莊王並不想聽他們嘮叨，就乾脆頒出一條禁令：「誰敢勸諫國君，殺無赦。」嚇得那些想要勸諫的人，都不敢再勸了。

大夫蘇從按捺不住，有一天進宮對著莊王大哭。

莊王問：「你這是在哭什麼？」蘇從一把鼻涕、一把眼淚地說：「臣是哭自己就快死了，而楚國也快滅亡了。」莊王氣得手指著蘇從大罵：「你是不是也想來囉唆？寡人下禁令，敢諫者死，看到了沒有？你冒死來說話，不是太愚蠢了嗎？」

蘇從抹抹眼淚，說道：「大王是萬乘之君，享有千里之地，軍馬精強，諸侯都敬畏您，按四時貢獻不絕，國家可享用萬世。如今卻沉溺在酒色、音樂，不理朝政，不親賢才，恐怕國內外將有叛變發生，現在歡樂，日後就有災難了。因為一時的歡樂，拋棄萬世的基業，是您太愚蠢。臣的愚只不過殺身，死後還可與龍逢[1]、比干[2]

---

1 龍逢：夏桀時期的大臣。因為夏桀昏庸暴虐，通宵達旦飲酒作樂，龍逢常常通過黃圖勸諫，站立而不離去。夏桀說他妖言惑眾，將他殺死。

2 比干：商王紂的叔父，與微子、箕子稱殷之三仁。因勸諫紂王不聽而被殺。

等賢臣齊名；但大王的愚，連匹夫都及不上，豈不是愚到了極點？臣冒死直言，請大王賜我死罪。」說完伏地跪拜，痛哭流涕。

莊王霍地站起來，走下台階，牽著蘇從的手說：「如果不是大夫的直言，寡人真要誤了大事！」從此以後便遠離美女，撤走音樂，用心革新政治，任用賢才，楚國便日益強盛起來。

後來，莊王更開疆拓土，討伐陸渾的戎人。這天，楚軍一路行軍到雒[3]水邊，就在周王室的境內擺開陣勢示威，頗有與周天子一爭雄雌的意味。

天子周定王得知楚軍過境，感受到楚國的威脅，就連忙派遣大夫王孫滿到楚國的軍營慰問，目的是探查莊王的心意。

這時莊王已經不把天子放在眼裡，當王孫滿到了，莊王便撢了撢衣服上的灰塵，傲慢地問：「寡人聽說大禹治水後鑄有九鼎，三代相傳，是世間至寶。鼎就供在在周的首都洛陽，但不知鼎的大小輕重如何？」

王孫滿不慌不忙地說道：「鼎的大小、輕重是看君王的德行，而不在鼎本身。從前夏朝剛擁立明主時，工匠畫出各種奇異的圖象，用九州進貢的金屬鑄成九鼎，把這些圖畫都鑄在鼎上，上頭有各種事物，使百姓知道哪些是神，哪些是邪。所以百姓進入江河山林中，不會碰到像山精水怪、螭魅魍魎之類的惡物，因此百姓沒有災害，國家上下和諧，承受上天的庇祐。」

莊王聽得出神。

3　雒：ㄌㄨㄛˋ。

王孫滿又道：「傳到了夏朝以後，桀昏亂無德，被湯推翻，九鼎就給遷到了商朝，長達六百年。傳到暴虐的紂，又被周給推翻，九鼎便遷到了周朝。君王的德行如果很好，鼎雖然小，也重得無法移走；君王昏庸，九鼎再大，也輕得容易遷移。上天再怎麼降福給有德的人，總是有限的。」

莊王知道王孫滿在嘲諷他，但又被這番話給說得心服口服，一時無言。他想到自己剛即位時種種荒唐的行徑，不禁冒出了冷汗。

這時，王孫滿忽然揚起頭來堅定地說：「鼎有固定安放的位置。周的國運雖然衰退，但天命卻還沒改變，因此九鼎的輕重，是不能詢問的！」

莊王雖然口出狂言侮辱周室，但也看清楚稱霸中原的時機尚未成熟，只好先退出周境了。

詩佳老師說

鼎是國家的重器，只會隨改朝換代改變安放的所在，楚莊王對周使者「問鼎」，等於公然表示奪取政權的野心。故事加入莊王荒唐的過往，以突顯「鼎」的意義。王孫滿說：「在德不在鼎。」又說：「德之休明，雖小，重也。其姦回昏亂，雖大，輕也。」意思是：周天子有德，而你楚王無德，天子仍然是天命之所歸，因此鼎也就不會變更主人，對照楚莊王過去昏亂逸樂的行徑，就知道天命在周而不在楚。本故事為楚軍撤退提供了另一種解釋。

周德雖衰，天命未改。鼎之輕重，未可問也。——《左傳·王孫滿對楚子》

　　周朝國運雖然衰退，天命卻還沒有改變，因此九鼎的輕重是不能詢問的。後來稱爭取最高榮譽、地位爲「問鼎」。鼎最先是盛食的器具，再成爲祭器、禮器，最後成爲傳國重器，楚王向周使王孫滿問鼎，便有侵略之意。相關詞是「問鼎天下」。

【漫畫經典】

◆楚莊王對周王室的大夫王孫滿問鼎，就是透露奪取政權之意。

⑪ 勾踐雪恥復國

（春秋·左丘明《國語·勾踐復國》）

【經典故事】

　　越王勾踐將頭枕在冰冷的兵器上，堅硬的鋼鐵頂得頭皮發疼，身子下的柴草堆發出沙沙的聲響，又是一個失眠的夜晚，不是這刻意布置的床使他不能安睡，而是復國的大業尚未實現。

　　勾踐坐起身來，舔著屋子裡懸掛的苦膽，心道：「你難道忘記會稽之恥了嗎？」當時，他被吳國打得退守會稽山後，經過了徹底的反省，就向全軍宣布：「哪位能協助我擊退吳國，我就請他和我共同管理國家政事。」

　　大夫文種上前進諫：「一個國家就算沒有外患，也該事先培養和選擇有謀略的大臣及勇士。現在大王退守到會稽山才尋求人才，未免太晚了吧？」

　　勾踐大為驚訝：「能聽到大夫的這番話，怎能算晚呢？」就握著文種的手，與他一起商量滅吳之事，不久就派文種到吳國求和。

　　文種對吳王夫差說：「我們的軍隊，不值得您再來討伐了，越王願意把錢財及子女奉獻給您，酬謝您的來臨，還將率領國人編入貴國的軍隊，聽您指揮。如果您不能原諒越王，堅持殺光我們，我們將燒毀宗廟，把妻兒綁起來，連錢財一起丟到江裡，再帶領剩下的五千人和貴國死戰，結果不免使越國遭到損失，豈不影響您的仁慈？您情願殺光越國的人，還是不費力氣就得到越國？」

吳王很心動，打算接受文種的意見。大夫伍子胥卻勸阻：「不行！吳、越兩國是世仇，這種勢不兩立的局面是無法改變的。希望您一舉滅掉越國，如果放棄了，一定後悔！」吳王就拒絕了勾踐。

　　勾踐想到國家將亡，失望憤怒得想殺掉妻子、燒毀財物，和吳國決一死戰。

　　文種卻認為還沒絕望，他洞悉吳王好大喜功、沉迷女色的弱點，建議進獻美女以迷惑吳王。勾踐就採納建議，將八個美女送給吳國太宰嚭[1]，請他擔任說客，再獻上美女西施。吳王以為越國已經不具威脅，又看上西施的美色，於是便和越國訂立和約。

　　當吳軍撤離以後，勾踐就帶著妻子和大夫范蠡[2]，到吳國伺候夫差。勾踐自居奴隸，甚至在吳王生病時為他親嘗糞便，幫助醫生診斷，最後終於騙得夫差的信任，三年後被釋放回國。

　　勾踐拿著苦膽瞧著、死盯著；他睡在柴草上，腰與肩膀隱隱作痛。每天，他親自下田耕作，夫人也親手紡織，兩手的指頭都磨破了，就是想與百姓同甘共苦。全國都凝聚起向心力，紛紛請求：「允許我們報仇吧！」勾踐卻認為準備不夠，而辭謝國人的好意。

　　又過了幾年，國人再向勾踐請求對吳國發兵。勾踐答應了，他拋去苦膽，拾起床上的兵器，宣誓道：「聽說古代的賢君，不擔心軍隊人數不足，卻擔心士兵不懂羞恥；現在吳王不擔心他的士兵不懂羞恥，只擔心人數不足。無恥就會失掉民心，我要協助上天滅掉吳國！」

---

[1]　嚭：ㄆㄧˇ。
[2]　蠡：ㄌㄧˇ。

於是越國上下互相勉勵。勾踐趁著吳王北上爭霸，趁虛而入，攻入吳國的首都姑蘇，殺掉吳太子，把吳軍打得大敗。吳王返國後，嚇得派人求和：「請允許我用財寶子女慰勞越王的來臨吧！」

　　勾踐斷然拒絕，他說：「先前上天把越國送給吳，吳卻不接受，如今上天把吳送給越國，越國怎能不聽從天命？」越軍圍困吳都三年後，終於占據了姑蘇城，最後吳王被困在姑蘇山自殺身亡。

詩佳老師說

　　西元前473年，越王勾踐發動了藏在民間的三萬雄兵，一舉將吳國的首都姑蘇城團團圍困。這時吳王夫差還掌握了五萬兵馬，照理說，擁有人數的優勢，卻因為糧草供給困難，而不敢出城一戰。夫差天真的想效仿二十年前勾踐求和的方式，請求勾踐接納吳國的人民。然而此時的勾踐，並不是當年的夫差，他有當年夫差的雄心壯志，卻沒有夫差後期的弱點，而且勾踐深知，在生死存亡的面前，沒有退讓的餘地。勾踐用苦難換來的智慧，正是他最後能夠得勝的關鍵。

名句經典

古之賢君，不患其眾之不足也，而患其志行之少恥也。——《國語·勾踐復國》

　　古代賢能的國君，不擔心軍隊人數不足，卻擔心軍隊士兵

不懂羞恥。軍隊最重紀律，因為士兵們來自四面八方，各色人等都有，如果沒有嚴明的管束和教養，軍人不知羞恥，行為就會失序，無法服從指揮作戰。相關詞是「恬不知恥」[3]。

【漫畫經典】

我願意當您的附屬國，請不要消滅越國。

不行！我們是世仇，一定要滅掉你。

◆ 勾踐向吳王求饒，但遭到拒絕，於是到吳國當奴隸。

請允許我當您的附屬國吧！

上天要把吳送給越國，我怎能不接受？

◆ 勾踐復國後，斷然拒絕吳王的求饒，將吳王逼死於姑蘇山。

3　恬不知恥：犯了過錯卻安然不以為羞恥。

⑫勤奮方能成材

（春秋・左丘明《國語・敬姜論勞逸》）

【經典故事】

魯國大夫文伯退朝回家拜見母親敬姜，敬姜正在屋內紡織。

文伯皺眉對母親說道：「我這樣的家世，還讓您從事紡織的工作，怕會惹惱長官季孫，以為我沒有能力事奉母親吧！」

敬姜聽了嘆息地說：「魯國大概要亡了！叫小孩子做官，卻不讓他們聽聽做官的道理嗎？坐下來，娘告訴你。」

文伯端坐靜聽母親的教誨。

敬姜開口說道：「聖明的先王治理百姓，故意選貧瘠的土地給他們住，是想鍛鍊百姓，並依靠他們的能力，才能長久地統一天下。百姓勤勞工作，就懂得思考，也就有善良的念頭產生；相反的，安逸就會放縱，容易忘掉善念，邪惡的念頭就產生了。住在肥沃土地上的百姓沒有才能，是由於放縱；貧瘠土地上的百姓都崇尚正義，那是由於勤勞。」

文伯點了點頭，認為母親說的很有道理。

敬姜見兒子聽得專注，便繼續說：「所以，就算貴為天子也得勤奮工作，和三公、九卿一起，用裝飾文采的器具祭祀日神；中午考察政務，交代百官事務，使民眾的事能得到有秩序的處理；再用有文采的器具祭拜月神，和太史、司載仰察上天的垂示；日落時便督促嬪妃，讓她們清潔並準備祭品及器皿，然後天子才去休息。諸

侯也得勤奮工作，在清早學習和聽取天子交辦的事，白天完成任務，傍晚則反省典章和法規，夜晚要去警告官員們，叮嚀他們不要享樂過度，然後才能去休息。」

文伯心想，確實如此啊！朝廷由上到下都各司其職，才能推動國家的政務。

敬姜又道：「至於卿和大夫們也一樣，早晨考察自己的職守，白天研究政事，傍晚整理一天的工作，夜晚處理自己封邑的事，然後才去休息。士大夫在早晨接受朝廷分配的事務，白天講習政事，傍晚複習，夜裡反省自己的過失，然後才去休息。從平民以下，人人白天工作，晚上休息，沒有一天可以怠惰。」

文伯深感佩服，母親每天在家中，竟對國政有如此細微的觀察。

敬姜繼續說道：「貴族的婦女同樣忙碌啊！比如王后得親自編織冠帽上繫著瑱玉[1]的黑絲繩；諸侯夫人要編織冠纓和縫製冠頂布；卿的妻子要縫製禮服上的腰帶，大夫的妻子則縫製祭服，士的妻子還要縫製朝服。下士以下的妻子，都親自做衣服給丈夫穿。不論春祭、冬祭，男女都努力做出成績，有罪就實施刑罰，這是古代的制度。君子勞心，小人勞力，這是先王的遺訓。國家從上到下，誰敢放縱偷懶而不盡心盡力呢？」

文伯終於明白，為何母親仍舊那麼努力工作，不禁深感慚愧。

敬姜見了兒子的臉色，便溫柔地說：「孩子，現在為娘的守

---

[1] 瑱玉：瑱，ㄊㄧㄢˋ。古代繫於冠冕兩側，垂在耳旁，用以塞耳的玉飾。

寡，而你在朝爲官又處在下位，從早到晚忙著處理事務，生怕忘記先人的功業，更別說如果怠惰的話，將來怎麼逃避刑罰呢？我還指望你提醒我：『絕對不要荒廢祖先的功業。』但你現在卻說：『爲什麼不讓自己過得安逸一點？』如果再用這種想法擔任官職，可能因爲怠忽職守受到刑罰，我怕你爹就要絕後了。」

文伯羞愧不已，立刻向母親敬禮，表示自己的歉意。

孔子聽說這件事以後，感觸很深，就告誡弟子們說：「你們要記住敬姜的這番話，她的確能夠自我節制，而且深明大義啊！」

詩佳老師說

故事敍述魯大夫公父文伯的母親敬姜，對兒子的一番教誨。敬姜對兒子在朝爲官卻只想安逸，深深感到憂慮，她說人不分貴賤，都必須接受工作的磨鍊，勤勞努力才行，如果一個人先天環境好，卻抱著怠惰之心，什麼都只圖安逸享樂，就非常容易墮落；倘若朝廷的君主、大臣、官員們也如此，國家就岌岌可危了，正是所謂「憂患興邦」。敬姜主張的就是「勤奮方能成材」的教育觀念，值得現代父母深思。

民勞則思，思則善心生；逸則淫，淫則忘善，忘善則惡心生。
——《國語・敬姜論勞逸》

　　百姓勤勞就能思考，就會有善良的念頭產生；相反，安逸就會放縱，容易忘掉善念，邪惡的念頭就產生了。勤勞是一種美德，是積極向上的態度，因此能激發人的善念；而放縱的人缺乏自我管理，將走向墮落。相關詞是「好逸惡勞」[2]。

【漫畫經典】

娘，兒子貴為大夫，您可以享福了。

從君王到百姓都要工作，勤勞才能成材啊！

◆ 敬姜認為人不分貴賤，都必須接受工作的磨鍊，勤勞努力才行。

2　好逸惡勞：惡，ㄨˋ。貪圖安逸，憎惡勞動。

⓭只用眼神表達的悲哀

（春秋・左丘明《國語・召公諫厲王弭謗》）

【經典故事】

　　整個京城，瀰漫著一股難以言喻的恐怖氣氛，四方的諸侯不來朝拜了。這是西周最黑暗的時期，因為周厲王殘暴無道，用暴政統治國家。

　　厲王是周朝有名的暴君，任用榮夷公等人，壟斷山林川澤的一切收益，不讓百姓前往採樵漁獵。大夫芮[1]良夫極力勸阻：「王室恐怕就要衰微了！榮公只知道將國土據為己有，卻不知土地財貨是老天爺給的，誰想獨占，就會觸怒很多人。您難道不擔心嗎？」但剛愎[2]的厲王不聽勸，還是任用榮夷公掌管國事。

　　厲王的施政招來百姓的怨恨，為了控制輿論[3]，厲王從衛國找來巫師，想藉助巫術監視百姓私下的議論，只要發現批評國君和政治的蛛絲馬跡，就立即殺掉。

　　京城裡，士兵傾巢而出，大規模地跟蹤及搜捕異見人士，如果有人公開發言，就會被士兵強行推上車帶走。這樣一來，人們都敢怒不敢言，在路上相遇，只敢用眼神傳達內心的憤怒。

　　過沒多久，老百姓都不敢開口說話了，連原本應該熱鬧的大

1　芮：ㄖㄨㄟˋ。
2　剛愎：愎，ㄅㄧˋ。固執己見，不肯接受他人的意見。
3　輿論：輿，ㄩˊ。代表公眾意見的言論。

街，也變得異常寂靜。厲王非常高興，得意洋洋地告訴大臣召公：「我能制止人們對我的批評，現在他們不敢說話了。」

召公嘆著氣，搖頭道：「您的作法，只是將百姓的嘴堵起來罷了！堵住人民的嘴巴，比堵住江河還要嚴重。水蓄積多了，一旦潰堤，一定會傷害許多人，不讓人民說話的道理也是一樣。所以治水的人應該開通河道，使水流暢通；治理人民也應該開導他們，讓他們有發表意見的自由……」

召公的話語，彷彿將時間拉到了遙遠的時代，那時聖君施政，無不積極要求官員們去民間採集詩篇，要樂官進獻民間的歌謠，因為這些詩歌都反映了民意。朝廷裡，有誠實的史官撰寫史書，百官向天子進諫，將百姓的意見間接地傳達給天子，施政就不致於違背情理，能照顧老百姓的需要。

召公停頓了一下，見厲王面無表情的模樣，心裡有點膽寒，但還是鼓起勇氣說道：「人民有嘴巴，就像大地有了山川，又像原野有肥沃的田地，能生產許多好的事物來。施政的好壞可以從百姓所說的話得知，作為施政參考啊！有好意見就去實行，壞的批評就去防備，可以使國家進步。現在您堵住人民的嘴巴，能維持多久呢？奉勸您改變做法吧！」

但厲王根本不聽勸阻，繼續一意孤行地控制百姓的言論。

就這樣，周朝在天災、人禍的折磨之下，弄得民不聊生。過了三年，老百姓就發動聲勢浩大的起義行動，要放逐厲王。剛愎自用

的厲王，被暴動給嚇破了膽，連忙逃奔到彘[4]這個地方躲藏起來，結束了殘暴的統治。

詩佳老師說

周厲王暴虐無道，用高壓手段及殺戮來鎮壓人民，限制言論自由，引起人民的不滿和反抗，結果被放逐了。這樁悲劇原本可以預防，然而厲王不聽召公的勸諫，剛愎自用，以致後悔莫及。故事的重點在召公那段勸諫的話，他說人民的言論是無法阻擋的，為政者要虛心，善於聽取百姓的意見，改正自己的錯誤，國家才會強盛起來。召公的勸說方式，表現出他的耐性和委婉，使人容易受到啟發。

名句經典

防民之口，甚於防川。——《國語·召公諫厲王弭謗》

堵住人們的嘴巴，要比堵住水流所造成的禍患更大。意指不讓人民說話，必有大害，可怕的是雖然人民嘴巴上不說，心裡卻充滿仇恨，只要怨恨到達臨界點，必然爆發大規模的暴亂，使國家社會造成極大的破壞。相關詞「三緘其口」[5]。

---

[4] 彘：ㄓㄟˋ。本義是豬，此為地名。
[5] 三緘其口：緘，ㄐㄧㄢ。言語謹慎或不說話。

◆周厲王不讓老百姓批評他，還監視言論，人們敢怒而不敢言。

戦
國

⓮ 人不可以無恥

（戰國‧孟子《孟子‧齊人乞墦[1]》）

【經典故事】

　　齊國有一個男子，娶了妻、妾[2]兩位美嬌娘，妻與妾都是賢慧的女人，彼此也能和睦相處，家庭平靜無波。不過，近來她們發覺丈夫每次出門以後，都是酒足飯飽了才回來，從來不願在家裡吃飯，使她們感到疑惑。

　　妻子有些疑心，以為丈夫是去酒家花天酒地了，於是找了機會試探丈夫：「相公都和什麼人吃飯喝酒呢？」

　　丈夫若無其事地回答：「都是和一些顯要富貴的人家呀！」他擺擺手說：「男人的事，女人家少管。」說完，就出門去了。

　　這麼一來妻子更加懷疑了，就對妾說：「相公每次出門，都酒足飯飽了才回來，問他和誰吃飯喝酒去？他總說是一些富貴顯要的人家，可是這些人怎麼都沒到我們家來呢？我想跟蹤相公，看看他都跟哪些人在一起。」

　　於是，妻與妾兩個女人私下秘密商議著，身為女人的直覺告訴她們，丈夫極有可能是上酒家去了。

　　隔天早上，妻子便暗中跟著丈夫出門，一路上躲躲藏藏的，深

1　墦：ㄈㄢˊ。墳墓。
2　妾：ㄑㄧㄝˋ。男子的側室。俗稱為「姨太太」、「小老婆」。

怕被丈夫發現。然而妻子跟著丈夫走遍城市和大街小巷，甚至經過城裡最大的酒家，始終沒見到他和別人交談，而且丈夫走的道路越來越偏僻了。

妻子漸漸感到害怕，不久，就跟著丈夫走到東城外的墳場。於是妻子便躲在一棵樹後面，遠遠地觀望，沒想到竟然看見丈夫向祭祀的人討乞剩餘的酒肉，等討來了，就拿到一旁大吃起來。這家吃得不夠，又往別家的墳上乞討。

「原來這就是相公酒足飯飽的方法啊！」妻子簡直不敢相信自己的眼睛，她默默地落淚，然後轉身離開，一路上失魂落魄地，也不知怎麼回到家裡的。

妻子把實情告訴妾，妾也驚訝得張大了嘴，說不出話來。

妻說：「相公是我們依靠一輩子的人，想不到他有妻妾、有家庭，竟然不努力工作，還去乞討，撿現成的食物來吃，真是不爭氣！」兩個女人痛罵著丈夫，在庭院裡相對哭泣，為自己的命運感到悲哀。

丈夫還不知道他在墳地乞討的事，已被揭穿，仍然得意洋洋地從外面回來，對著妻妾趾高氣揚[3]，炫耀他在富貴人家聚會的熱鬧風光，自以為很了不起。

妻與妾更絕望了。

孟子知道這件事後，就對學生說：「一般人求取升官發財時，難免露出醜態，好比齊人乞討免費的食物，也是醜態畢露，如果讓

3　趾高氣揚：走路腳抬得很高，十分神氣。

這些人的妻妾看到了，恐怕也會覺得羞恥，還要抱在一起哭吧！」

詩佳老師說

　　孟子描繪出一個內心卑劣下賤，外表卻不可一世的人物形象。故事中的齊人，家境並非貧寒，然而他爲了貪圖享受，完全拋棄人格的在墳間乞討，表現好逸惡勞的人生觀。孟子用齊人的嘴臉，來比喻官僚的腐敗與無恥，他所影射的，正是那個時代的所見所聞：那些人不擇手段的奔走於諸侯之門，求升官發財，他們看似冠冕堂皇，暗地裡卻行徑卑劣，從事見不得人的勾當。孟子藉由這個故事，揭露出他們內心骯髒的本性。

名句經典

人不可以無恥，無恥之恥，無恥矣。——戰國・孟子《孟子・盡心上》

　　人不可以沒有羞恥之心，能夠以不知羞恥爲恥，就可以免於羞恥了。羞恥之心，應該是大部分人都有的，只有一些爲人行事卑鄙的人，才不知世間有「羞恥」二字。孟子強調的是：人應該要經常自覺地進行反省。相關詞是「行己有恥」[4]。

4　行己有恥：出於《論語》。人有羞恥心，認為可恥的事就不去做。

◆ 齊人妻傷心的是丈夫外表光鮮亮麗，背地裡卻從事乞討的勾當。

⓯技藝的最高境界

（戰國・莊子《莊子・庖丁解牛》）

【經典故事】

　　文惠君聽說庖丁[1]殺牛的技術很好，就請他來殺牛，而自己在一旁觀看。

　　只見庖丁殺牛時，手接觸的地方，肩膀倚靠的地方，腳踩的地方，膝蓋所頂的地方，嘩啦一響，骨肉就分離了，進刀的聲音霍霍地，刀子敏捷地出入在筋骨縫隙之間，似乎都有節拍，就像商湯時《桑林》舞樂的旋律，又像帝堯時《經首》樂曲的節奏，非常完美。

　　文惠君看了，不斷地讚歎說：「好啊！想不到你的手藝已到了這樣的程度！」

　　庖丁放下刀子，行禮說道：「我所喜愛的，是從宰殺牛當中領悟的道理。剛開始殺牛的時候，我看到的是一頭完整的牛。三年後，因為經驗多了，這時看到的就不只是一頭牛，而是牛的五臟和筋骨。到了現在，我殺牛已經不用眼睛看，而是用精神領會就可以，感覺器官都不需要了，全憑著精神感覺做。我依照牛身上的筋骨脈絡，找到骨與骨相接及骨與肉相接的地方下刀，刀鋒只在筋骨

1　庖丁：庖，ㄆㄠˊ。廚師。

縫隙之間出入，不僅沒有阻礙，而且遊刃有餘[2]。」

文惠君點點頭，似乎有所領悟。「牛」不正代表人生要面對和解決的事情嗎？要解決事情，必定會遇到很難處理的部分，也有容易入手的地方，事情能不能順利解決，就要看個人的功力了。

庖丁接著說：「技術好的廚師，每年都要更換一把刀，因為他們硬是用刀去切割筋肉；一般的廚子，則是用刀直接砍骨頭，所以每個月換一把刀；而我這把刀已經用了十九年，殺過數千頭的牛隻，可是刀刃還是十分鋒利，就像剛剛才磨過的一樣。」

文惠君不禁聯想到解牛的難度，就如同人事間複雜的情況啊！不會操刀的人又砍又割，白白地傷筋動骨，吃力而不討好；就好比不明道理的人處理事情，也是勞累而沒有效率。

他又想到，庖丁的刀不接觸任何傷害刀鋒的東西，因而得以保存實力，人在處理事情的時候，也不要讓精神受損才是。

庖丁微微一笑，又道：「雖然我從事這行已經十九年了，但現在每當我處理一頭牛的時候，遇到筋骨盤結的地方，還是不敢大意，總是先屏氣凝神，充分掌握牛的結構。牛的骨節有間隙，而刀刃很薄，就用很薄的刃插入有空隙的骨節，空間很大，刀刃就有自由發揮的餘地了。」

文惠君心想，庖丁十九年來始終如一，這必須很有毅力才能做到。

---

[2] 遊刃有餘：好的廚師宰牛時刀刃在骨節間的空隙運轉，覺得空隙還很大。比喻對事情能勝任愉快，從容而不費力。

庖丁又道：「每當碰到筋骨交錯聚結的地方，我覺得很難下刀時，就小心翼翼地專注視力，將動作慢下來，輕輕地移動刀子，霍啦一聲，骨和肉就分離了，就像泥土散落在地上一樣。這時我提著刀站立起來，舉目四望，覺得很有成就感，才把刀子擦拭乾淨，好好地收藏起來。」

文惠君聽到入神，不禁一拍手掌說道：「太好了！聽你這麼說，我終於知道養生的方法了！」

詩佳老師說

在這個故事裡，莊子用宰殺牛隻的過程與難度，來比喻人事間的錯綜複雜。不懂用刀的人又砍又割，只是吃力不討好而已，就好比不懂道理的人處理事情，雖然耗費了許多心力，結果卻是徒勞無功。而庖丁的刀能順著筋肉的空隙走，不硬碰硬，就像人在處事時，給自己留有餘地，這是處事之道；同時他保養刀的方法，也符合養生的道理，告訴我們，做任何事都不要「用盡」，要保留實力，才是修身養性之道。庖丁不只是解牛，更將技術提升到藝術家的境界。

以神遇而不以目視，官知止而神欲行。——戰國‧莊子《莊子‧庖丁解牛》

　　只用精神領會道理就行，而不必用眼睛看，感覺器官都不需要了，全憑著精神感覺去做，就能從容完成。當技術眞正的入於「道」的境界，便能跳脫既有的框架，擺脫原來慣用的章法，而能自由揮灑。相關詞是「遊刃有餘」。

【漫畫經典】

◆庖丁能夠精準地辨識牛的各個部位，毫不費力的切割筋骨。

漢

⑯戰勝虛榮心

（《戰國策・鄒忌諷齊王納諫》）

【經典故事】

鄒忌的身高一百八十多公分，有一張讓人過目不忘的美麗面容，是齊國有名的美男子。

一天清晨，鄒忌穿戴好衣帽，望著鏡中的自己，一時興起就問妻子：「我和城北的徐公相比，誰比較俊美？」妻子甜蜜地說：「您俊美極了，徐公怎比得上您！」妻的愛戀之情溢於言表。

城北的徐公，也是齊國有名的美男子，鄒忌不相信自己比他俊美，於是就去問妾：「我和徐公比，誰俊美？」妾恭謹地回答：「徐公哪裡比得上您！」妾在家裡的地位低下，與丈夫之間更像是主僕關係，加上平日順從慣了，所以口吻就比較謹慎小心。

第二天，有一位客人從外地來拜訪，鄒忌與他坐著談了好一會兒的話後，忽然問客人：「我和徐公誰比較俊美？」客人說：「徐公遠不如您俊美啊！」客人的回答誇張了些，流露出奉承的意味。鄒忌將這些回答記在心裡。

又過了一天，正巧徐公來訪，鄒忌趁機仔細端詳他的外貌：徐公不但相貌俊秀唯美，而且身形高大，體魄強健，氣質更是溫文儒雅，難怪令天下女子折腰。鄒忌自嘆不如，再照鏡子審視自己，更覺得自己遠不如徐公了。

鄒忌在眾人的讚揚聲中，並沒有飄飄然，而是保持清醒的頭

腦。他晚上躺在床上，仔細思考這事：「妻說我俊美，是她偏愛我；妾說我俊美，是因為怕我；客人說我俊美，是因為有求於我啊！」鄒忌再想到國家，終於體會到治理國家的道理了，於是天亮後趕忙上朝謁見齊威王。

鄒忌拜見威王說：「我確實知道自己不如徐公俊美，但是我的妻偏愛我，我的妾怕我，我的客人有求於我，他們都說我比徐公美。這究竟是為什麼呢？我想了一整夜，終於明白了！」

齊威王好奇地問：「你悟出什麼道理？」

鄒忌回答：「我想到的是您。如今齊國擁有千里的土地，有一百二十座城池，宮中的嬪妃和近臣，沒有人不偏愛您的；朝中的大臣也沒有人不畏懼您；全國百姓更沒有人不有求於您。如此說來，您受到的蒙蔽更多哪！」

威王聞言大驚，恍然大悟道：「你說得對極了！」立刻下了一道命令：「所有能夠當面指責我過錯的大臣、官吏、百姓，可得到上等獎賞；能夠上書勸諫的，可得到中等獎賞；能在公共場所公開議論我的過失，並且傳到我耳裡的，可得到第三等獎賞。」

命令才剛實行，群臣便紛紛前來進諫，朝廷的門前、院內就像菜市場一樣熱鬧，可見在此以前，齊國確實有許多積弊沒有被揭露出來。

幾個月後，偶爾還有人前來進諫，這代表國家最初實行的進諫政策，已經收到預期的效果，威王根據人們的意見，改革了弊政。

滿一年以後，人們即使還想進諫，也已經沒什麼可說的了，因為威王已完全改革了施政的缺點和錯誤，使得國家政治清明。燕、

趙、韓、魏等國家聽到了，都願意來齊國朝見齊威王，希望能學習治國的經驗。

於是齊國不費一兵一卒，靠著實行納諫政策就戰勝敵國了。

詩佳老師說

故事原來的題目是「鄒忌諷齊王納諫」，「諷」，是諷諫的意思，也就是用暗示、比喻的方法委婉規勸。勸說需要講究策略，鄒忌就是成功的範例。鄒忌見到齊威王的時候，並沒有單刀直入的進諫，而是先說故事，描述自己的親身經歷和體會，然後擴及對方，點出「大王受到蒙蔽」的事實。他沒有直接批評齊威王，而是用故事比喻，來啟發齊威王，使他看到自己受蒙蔽的嚴重性，進而使君王虛心納諫。這個故事告訴我們，只要言語含蓄委婉，忠言就不會逆耳。

名句經典

不以物喜，不以己悲。——北宋·范仲淹〈岳陽樓記〉

無論外物的好壞和自己的榮辱得失，使我們產生何種喜悲，都要保持清明理智的心態。這兩句是互文的寫法，就是不以「物或己」而導致「喜或悲」的情緒，如此才能保持清醒，

不受花言巧語或外物的蒙蔽。相關詞是「寵辱不驚」[1]。

【漫畫經典】

◆ 鄒忌從別人的讚美，體會受蒙蔽的嚴重性，進而啟發君王虛心納諫。

---

[1] 寵辱不驚：得寵或受辱皆不動心。指將得失置之度外。

⑰ 觸龍說服趙太后

（《戰國策‧觸龍說趙太后》）

【經典故事】

趙太后坐在大殿上，憤怒地說：「誰膽敢說要長安君為人質，我就把唾沫吐在他臉上！」底下的文武百官都嚇得不敢再勸。

這是紛亂的戰國時代，趙國國君惠文王剛去世，由兒子孝成王繼位，因為新君年輕，就暫時由趙太后攝政[1]。此時秦國趁機侵犯趙國，已經占領了三座城市，趙國的形勢危急，於是向齊國求救。

但齊國卻表示：「要趙太后的小兒子長安君作人質，才願意派兵援助。」

趙太后不肯犧牲愛子，更不願從此受齊國的牽制，因此拒絕了齊國的條件。大臣們無法說服太后，只有左師官觸龍自告奮勇進見，太后便在宮中氣呼呼地等他。

觸龍來到宮中，步履蹣跚地走到太后跟前道歉：「我的腳有毛病，不能快步走。好久沒探望您了，怕您玉體欠安，所以想來見您。」

太后臉色略為緩和，說：「我靠車子才能行動。」觸龍關心地問：「您每天的飲食沒減少吧？」太后點頭道：「不過吃點稀飯罷了。」

觸龍嘆了口氣，說：「我近來特別不想吃東西，但還能勉強散

---

1 攝政：代替君主處理國政。

步，每天走個三、四里，稍微增加些食欲，身體也好多了。」太后說：「我卻做不到啊！」臉色更平和了。

觸龍察言觀色，忽然想到什麼似地說：「老臣的么兒舒祺很不成材，而我又老了，我很疼愛他，希望他能進宮充當一名衛士，所以特地冒死向您稟告。」

太后以為觸龍是來為孩子謀職，就說：「好吧。他多大了？」觸龍道：「都十五歲了。雖然他還小，我卻希望在我沒死之前，把他託付給您。」

太后笑著說：「男子漢也愛小兒子嗎？」觸龍回答：「比女人還愛哩！」太后不信：「女人才格外疼小兒子。」

觸龍微笑，說：「我倒是認為，您對燕后的愛超過對長安君。」太后說：「錯了，我對燕后的愛遠遠趕不上對長安君啊！」

觸龍笑道：「父母愛孩子，就會為他考慮長遠的利益。您把燕后嫁出去時，拉著她的腳跟，還為她哭泣，不讓她走，想到她遠嫁不在身邊，您便十分悲傷，那情景夠傷心了。燕后走了以後，您不是不想她，可是祭祀為她祝福時卻說：『千萬別讓女兒回來。』您這樣做，難道不是為女兒考慮長遠利益，希望她的子孫能成為燕王嗎？」

太后點點頭道：「是這樣沒錯。」因為燕后若不回來，代表她的地位穩固，沒有回娘家的必要。

觸龍又說：「從這一輩上推到三代以前，甚至到建國的時候，趙國君主的子孫被封侯的，他們的子子孫孫還有能繼承爵位的人嗎？」太后答：「都沒有了。」

觸龍又問：「不只趙國，其他諸侯國有這樣的情形嗎？」太后

搖頭：「還沒聽說過。」

於是，觸龍凝視趙太后的眼睛，誠懇地說：「國君的子孫地位尊貴，對國家卻沒有功勞；俸祿優厚，卻毫無貢獻，又擁有許多珍寶，這就危險了！恐怕失去人心，禍患早晚會降臨到他們的頭上。」

這幾句話宛若當頭棒喝，趙太后不禁陷入沉思。

觸龍更進一步說：「現在您使長安君地位尊貴，把肥沃的土地給他，賜他寶物，如果不趁現在令他建功，有朝一日您不在了，長安君憑什麼在趙國立身呢？我覺得您為長安君考慮得太少了，所以認為您對他的愛不及對燕后啊！」

太后終於心悅誠服地說：「行了！隨你把他派到哪兒去吧！」

於是，長安君就在嚴密的保護下到齊國作人質，齊國這才派兵救趙，解除了趙國的危機。

詩佳老師說

這是歷史上有名的說服案例。強調彼此的共通點，可讓對方更容易接受你的意見。觸龍先提到自己已經老邁，行動不便、食欲減少，勾起太后惜老、敬老的同情心，降低太后的怒氣，拉近距離。接著說自己疼愛小兒子，正和太后疼愛子女的心情一樣，激發太后的同理心。再以太后對待燕后和長安君之差異來對照，與太后建立「父母愛孩子，必須為孩子做長遠的打算」的共識，完全站在太后和長安君的立場著想，終於成功地說服太后。說服時顧及對方的利益，才能打動對方。

父母之愛子，則爲之計深遠。——《戰國策・觸龍說趙太后》

　　父母愛自己的孩子，就要爲他考慮長遠的利益。父母愛子女，就不會讓子女因爲坐享其成[2]而受害。國君應該讓子女爲國家建功立業，以得到人民擁戴，不能使子女安享特權，平白由父母的權勢得到許多利益。相關詞是「愛子心切」。

【漫畫經典】

誰敢要我兒子作人質，我就吐口水在他臉上！

長安君現在建立功業，將來才能服眾。

◆ 觸龍勸趙太后讓長安君作人質，因為父母愛孩子就要為他考慮長遠的利益。

2　坐享其成：不出勞力，而享受現成的福利。

⓲顏斶說服齊王

（《戰國策‧顏斶說齊王》）

【經典故事】

　　齊宣王召見顏斶[1]，喊道：「顏斶你上前。」

　　底下的顏斶也叫道：「大王您上前。」

　　齊宣王聽了滿臉不悅，大臣們也面面相覷，從來沒有人敢這麼對大王說話。

　　左右大臣紛紛出言指摘：「大王是一國之君，而你只是一介平民而已，大王叫你上前說話是應該的，可是你也喚大王上前，這成何體統？」群臣交頭接耳，心想此人得罪大王，下場應該不妙。

　　沒想到顏斶神色輕鬆地說：「如果我走上前，那便是貪慕權勢，急著要巴結大王，但大王過來則是謙恭。與其讓我蒙受趨炎附勢的惡名，倒不如讓大王得到禮賢下士的美譽。」群臣都露出不滿的神色，顏斶這番話倒像是指桑罵槐在嘲諷他們。

　　齊宣王仍然滿臉怒容，斥責顏斶道：「到底是君王的地位尊貴，還是讀書人的地位尊貴？」

　　顏斶不卑不亢[2]地回答：「自然是讀書人尊貴，君王並不尊貴。」群臣議論紛紛，覺得此人竟敢說君王不尊貴，簡直是大逆不

1　斶：ㄔㄨˋ。
2　不卑不亢：形容處事待人態度得體，不傲慢、不卑屈，恰到好處。

道。

這番話，倒是引起齊宣王的好奇心了，問道：「這話怎麼講？」

顏斶神色自若地說：「以前秦國攻打齊國，秦王下令：『有誰敢在柳下惠墳墓周圍五十步內砍柴的，一概處死，決不寬赦！』秦王又下令：『誰能取得齊王首級的，封侯萬戶，賞賜千金。』由此看來，活著的國君頭顱，還比不上死去的賢士墳墓呢。」

齊宣王嘆道：「唉！我怎麼能夠怠慢君子呢？我這是自取其辱呀！今天聽到先生的高論，才明白輕慢賢士是小人的行徑。希望您能收我為弟子。如果先生與我相交，食必山珍海味，行必有專車接送，先生的妻兒也必然錦衣玉食。」

顏斶聽了，卻立刻婉拒並要求告辭回家。齊宣王對顏斶的決定感到驚訝和不解。

顏斶解釋道：「美玉是從深山開採來的，經過琢磨就會破壞天然本色，不是說美玉不再珍貴，只是失去了原始的美。士大夫生於鄉野，經過推薦選用就接受俸祿，可以說是相當尊貴顯達，然而他們此後便很難做自己了。」

齊宣王微微點頭，群臣也默然不語。

顏斶續道：「臣只希望能回到鄉下，晚一點吃飯也無妨，即使再差的飯菜，也像吃肉一樣津津有味；慢慢走就好，當作坐車；沒有什麼過錯，也就足以自貴；與世無爭，自得其樂。納言決斷的，是大王；秉忠直諫的，則是顏斶。臣要說的話已經很清楚了，希望大王賜我返回家鄉。」於是再拜而去。

齊宣王不再阻止顏斶，目送著他的背影，心中不禁肅然起敬。

當時的君子讚嘆說：「顏斶的確是知足的人，能夠回復到原來最自然的樣子，那麼一生都不會感到恥辱。」

詩佳老師說

君主必須以大臣、民眾為根本，老百姓和賢臣，是君王之所以存在和顯貴的依據。在現代社會，作為領導者也要認清自己的地位和民眾的重要性，那種輕視人才和民眾的人，實際上也使自己失去了人心，最後難免眾叛親離。顏斶對社會和人生進行了哲理思考，流露出他對人的價值和生命本質的追求，反映出「視富貴如浮雲」的氣節，也讓齊宣王學會尊重知識分子的人格。

名句經典

返璞歸真，則終身不辱。──《戰國策·顏斶說齊王》

人如果回復到原來的自然狀態，那麼一生都不會感到恥辱。「璞」是仍未雕琢的玉，代表自然和真實。任何東西只要經過包裝都能迷惑人心，因此人們漸漸忘記了它的本來面目，只知迷戀表象而忽略了本質。當人回復本質，便能誠實地面對自己，就不會有寵愛或恥辱的得失心來困擾情緒了。相關詞是「寵辱不驚」。

【漫畫經典】

◆ 顏斶認為他走上前是貪慕權勢，但是齊宣王過來則是禮賢下士。

⑲ 人才的重要

（《戰國策·馮諼客孟嘗君》）

【經典故事】

馮諼[1]窮得活不下去了，只能依附在孟嘗君門下當食客。他手中捧著裝了粗食的飯碗，想起孟嘗君嘴邊掛的一抹冷淡的笑，當時他問他：「你有什麼嗜好？有什麼才能？」馮諼只能聳聳肩說：「我沒什麼嗜好，也沒什麼才能。」

其實他的才能是藏在胸中的萬千甲兵，但孟嘗君怎肯信他？

現在，馮諼靠著柱子、敲擊劍柄唱起來：「長劍回去吧！沒有魚吃。」孟嘗君聽見了，就交代侍從：「給他魚，比照中等門客。」

不久，馮諼又敲著劍唱道：「長劍回去吧！出門沒有車。」孟嘗君笑說：「給他準備車子，比照上等門客。」

然而馮諼又敲著劍唱：「長劍回去吧！我無法養家。」孟嘗君才知道馮諼家中還有老母親，不責怪他貪心，反而派人供應吃用，使她生活無虞。從此馮諼就不再唱歌了。

有一次，孟嘗君貼出告示，要徵求門客為他前往薛地收債。

馮諼自告奮勇地說：「我能。」孟嘗君覺得奇怪，問：「這人是誰？」侍從說：「就是高唱『長劍回去』的那位。」孟嘗君笑著說：「客人果然有才能，是我辜負了他。」於是請馮諼見面，向他

---

1 諼：ㄒㄩㄢ。

道歉：「我因爲被瑣事弄得很疲倦，而且生性愚昧，得罪了先生。先生不在意，仍然願意爲我去薛地收債嗎？」馮諼願意，於是便準備車馬，整理行裝，帶著借據準備起程。

出發前，馮諼問孟嘗君：「債收到後，該買些什麼回來呢？」孟嘗君豪邁地說：「看我家缺什麼就買吧！」

馮諼一抵達薛地，就立刻召集欠債的人來核對借據。核對完畢，他就假借孟嘗君的命令燒掉借據，把老百姓的債務全部取消，人們都歡呼萬歲。事情辦完，他毫不停留地趕回齊國，一大早就求見孟嘗君。

孟嘗君感到很驚奇，問道：「債收完了嗎？爲什麼這麼快就回來？」馮諼答：「都收好了。」孟嘗君又問：「買了什麼回來？」馮諼說：「我仔細想，您的宮中堆滿珠寶，畜舍裡養滿了狗馬，又有眾多的美女侍妾，您家中只缺少『義』罷了，因此我爲您買了『義』。」

孟嘗君皺眉說：「如何買義？」馮諼說：「您只有小小的薛地，卻不愛護子民，反而在人民身上圖利。因此我假傳命令，把債還給百姓，燒掉借據，這就是我爲您買來的『義』啊！」

孟嘗君聽完，不高興地擺擺手說：「別再說了！」

過了一年，齊王聽信讒言，某天對孟嘗君說：「寡人不敢任用先王的臣子，作爲我的臣子。」藉故將他罷免了。

孟嘗君只好回到薛，在他離薛還有一百里遠時，就見到百姓扶老攜幼在路上迎接。孟嘗君感動至極，回頭對馮諼說：「我今天才知道這是您爲我買的『義』啊！」馮諼行禮道：「聰明的兔子往往

有三處躲藏的巢穴，現在您只有一處，還不能高枕無憂。讓我再替您尋找。」

馮諼便帶著五十輛車及五百斤黃金，到梁國遊說惠王，他說：「齊國放棄孟嘗君，等於送給諸候一份大禮，誰先請到他，就可以富國強兵。」於是惠王趕緊空出宰相的位子，派使者攜帶黃金千斤、車子百輛，去聘請孟嘗君。

馮諼又趕回去告誡孟嘗君：「千斤黃金是重禮，百輛車是榮耀的使臣禮節，但你要婉拒。齊王應該聽說這件事了。」梁國使者前來聘請三次，孟嘗君都婉謝不去。

這事讓齊國的君臣很害怕，於是派人攜帶大禮，並寫了一封信向孟嘗君謝罪，希望他顧念祖先的宗廟，回來治理萬民。

馮諼又提醒孟嘗君：「請您向君王表達希望能得到祭祀先王的禮器，在薛建立天子宗廟。」古代君王處理國事，都要祭告於祖廟，等宗廟落成，薛將成為國家重地，孟嘗君的地位就更穩固了。

宗廟建好，馮諼便報告：「三個巢穴都已準備完成，您可以高枕無憂了。」孟嘗君在齊國當了幾十年的丞相，沒有任何災禍，都是靠著馮諼的計謀。

詩佳老師説

　　為了突顯馮諼的才能，故事巧妙的以孟嘗君對人才的忽視，以及其他門客的冷嘲熱諷和馮諼對比，讓人物們彼此能夠映襯烘托，使得這個看似平凡、接近無賴的人物，似乎是深藏不露的高手；接著，開始敘述馮諼「收債於薛」、「焚券市義」等故事，

表現了馮諼的深謀遠慮及卓越不凡。這種先貶抑、再讚揚的說故事方法，可以使人物的形象鮮明突出，令人印象深刻。

名句經典

狡兔有三窟，僅得免其死耳。——《戰國策．馮諼客孟嘗君》

聰明狡猾的兔子往往有三處藏身的巢穴，才能免於一死。多指掩藏的方法很多，藏身計劃周密，相當安全。人想要在危險、競爭的環境中生存，就必須事先準備充分，想好退路，訓練臨機應變的能力，才能度過困境。相關詞是「狡兔三窟」。

【漫畫經典】

◆ 馮諼彈劍唱歌表示受到忽視，而孟嘗君僅給予溫飽，仍未重用。

⑳望帝春心託杜鵑

（西漢·揚雄《蜀王本紀·杜宇》）

【經典故事】

不知是暮春的哪一天，蜀國的天空飛來一隻杜鵑鳥，人們意識牠的存在，是源於那一聲聲劃破靜謐[1]的啼叫，彷彿訴說一個美麗而哀傷的故事。

遠古時代的蜀國人民稀少，生活落後，有個青年男子名叫杜宇，從天上降了下來，成為蜀國的國王，號「望帝」。望帝很關心百姓的生活，教導百姓種植莊稼的技術，因此深受擁護。

那時蜀國經常鬧水災，望帝想盡了各種方法治水，卻始終不能根除水患，這使得勤政愛民的他整日眉頭深鎖，憂心忡忡[2]。有一年，河裡忽然出現一具男屍，逆流而上漂來，人們感到驚奇，好事者就把屍體打撈起來，沒想到「屍體」被救上岸後就復活了，而且是個眉清目秀的青年。

這青年名叫鱉[3]靈，是一隻鱉精修鍊而成的，每天他都要乘著星光，和江源井裡最美的女人朱利幽會。今天他聽說西海有水災氾濫，便沿江巡視，卻不小心失足落水，從家鄉一直漂流到蜀國。

望帝知道後，派人請鱉靈前來相見，兩人一見如故。望帝覺得

1 　謐：ㄇㄧˋ。安寧、寧靜。
2 　憂心忡忡：忡，ㄔㄨㄥ。憂愁不安的樣子。
3 　鱉：ㄅㄧㄝ。

鱉靈是個難得的人才，立刻任命他爲蜀國的宰相，負責治水。

在江源井等待很久的朱利，終於無法忍受相思之苦，便到蜀國尋找鱉靈。那天正好望帝出獵，在山野間邂逅[4]了朱利，只見她脫俗的風姿，非凡間女子能有。望帝一見傾心，於是將朱利納入宮中爲妃。

朱利只知道鱉靈身在蜀國，不知他貴爲蜀相；再加上嬌弱之身不敢抗命，又無法言明身分，只能悶悶不樂的，令望帝十分煩惱。

蜀國這場洪水，浩浩蕩蕩包圍了蜀都，和當年大禹治水時的災情幾乎不相上下，百姓深受其害，死的死，逃的逃，國家人口銳減，陷入了一片混亂。鱉靈受望帝的重託，更不敢懈怠地展現治水才幹，變水患爲水利，終於使水患得到解除，百姓又可以安居樂業了。

望帝決定爲鱉靈設宴慶功。當晚君臣盡歡，鱉靈大醉，沒有留意望帝身旁坐著低頭不語的妃子。深夜時分，鱉靈留宿宮中，朱利敲開了他的門，二人相見抱頭痛哭，各自傾訴別後的相思。

望帝知道此事後，自責悔恨交集，當晚就決定把王位禪讓[5]給鱉靈，自己悄悄隱入西山修行。國家失去了主人，鱉靈又有治水之功，於是在臣民的擁戴下受了禪讓，號「開明帝」，又叫「叢帝」。

孤獨的望帝躲在山中，非常思念朱利和故鄉，但又無可奈何，只有成天哀泣，最後鬱鬱而死，死後靈魂化作杜鵑鳥飛回蜀國。每

4　邂逅：ㄒㄧㄝˋㄏㄡˋ。沒有事先約定而偶然相遇。
5　禪讓：禪，ㄕㄢˋ。帝王讓位給賢人。

當桃花盛開之際，杜鵑便聲聲地叫著：「不如歸去，不如歸去。」從此以後，杜鵑就棲息在蜀國日夜哀鳴，直到牠的口中流出血來。

杜鵑啊！請收起悲哀的啼聲吧！不知有多少顆脆弱的心，已經碎裂在你淒切的啼聲裡了。

詩佳老師説

杜宇退位隱居以後，因爲強烈的思念蜀國人民，死後就化身爲杜鵑鳥，飛回故國；蜀國的人民也與望帝心意相通，在杜宇離去後，對望帝相當懷念，他們一聽見杜鵑的啼叫，就認定是望帝回來了。故事裡也傳達了愛情失落的感傷，鱉靈和朱利原本是一對情侶，因爲意外被拆散，男的成爲望帝的大臣，女的做了望帝的妃子，兩個人的距離那麼近，卻如同天涯。仁慈的望帝，出於對朱利的愛，就成全朱利，選擇退出三角戀情，爲這則神話故事增添了淒美的色彩。

名句經典

莊生曉夢迷蝴蝶，望帝春心託杜鵑。——唐·李商隱〈錦瑟〉

我的心像莊子，因爲在夢中化蝶而感到迷惘；又如望帝化作杜鵑鳥，將自己對愛情的嚮往，寄託在哀怨的鳴叫聲裡。這首詩描述對愛情的感受。古典詩歌常出現表面不明言，實則以物寓意、別有寄託的表現手法。相關詞是「望帝啼鵑」。

杜鵑鳥代表我對故鄉的思念啊！

◆望帝死後靈魂化作杜鵑鳥日夜哀鳴，直到口中流血，染紅了杜鵑花。

㉑雞鳴狗盜的領袖

（西漢·司馬遷《史記·孟嘗君列傳》）

【經典故事】

孟嘗君望著坐滿前廳的門客，心想：「他們應該都是忠心追隨我的死士吧！」對他來說，這些面孔大多陌生，對於他們身懷的本領，也不能完全認識。

此時，這些人正仰望著孟嘗君，盼他帶領所有人逃出秦國，可是誰也不知道他內心的惶恐不安。

在這共生死的一刻，大夥就像知心的老友，相對無言。

戰國時代是人才爭奪的時代，秦昭襄王一向仰慕齊國孟嘗君的才能，於是派人請到秦國作客，吸納人才的企圖濃厚。

孟嘗君為了報答秦王，便獻上一件名貴的「狐白裘」作為見面禮。

兩人深談後，秦王對孟嘗君的才華非常敬佩，就想立即聘他為宰相。但秦王的厚愛，卻引起其他大臣的嫉妒，有人積極地勸秦王：「孟嘗君的確賢能，可惜他是齊王的同宗，有血緣關係，如果讓他擔任秦國宰相，謀劃事情時，必定先替齊國打算，然後才考慮秦國，那麼秦國可要危險了！」

雄才大略的秦王思前想後，盤算著：「孟嘗君如此能幹，如果不能為我所用，就該立刻將他除去，這麼做等於砍掉齊王的臂膀，齊國就該滅亡了。」於是命人將孟嘗君囚禁起來。

汙穢骯髒的監牢裡，傳來陣陣的臭氣，是腐肉與殺氣的混合。孟嘗君知道自己處境危急，就買通人去見秦王的寵妾請求解救。

　　寵妾見了來人，先是淺淺一笑，慢慢地啜飲手上的玫瑰花露，最後伸出指甲塗得紅豔豔的食指說：「我希望得到孟嘗君那件白色狐皮裘。」

　　狐白裘價值千金，天下再沒有第二件，現在已經獻秦王，該如何是好？孟嘗君急得團團轉，又派人問遍了門客，然而誰也想不出辦法。

　　忽然，門客中一個相貌平凡的人，站出來毛遂自薦[1]說：「我能拿到那件狐白裘！」那晚，他打扮成狗的模樣，偷偷溜進宮中的寶庫，把那件狐白裘偷了出來，獻給秦王的寵妾。

　　寵妾得了狐白裘，相當得意，就在秦王耳邊吹吹枕頭風，秦王便釋放了孟嘗君。孟嘗君出獄時，門客早已準備好快車迎接，唯恐秦王事後反悔，所有人改名換姓立刻駕車逃離秦國。

　　沒多久秦王果然後悔，下令追捕。

　　在半夜時分，孟嘗君趕到了函谷關，按照當時規定，雞叫時才能打開關口，孟嘗君生怕追兵趕到，心裡頭萬分著急。

　　突然，一聲雞叫劃破了寂靜的夜空，原來門客中有個人擅長口技，是他在深夜模仿雞叫。雞鳴一起，附近的雞便此起彼落地叫了起來，城門果然開啓了，孟嘗君一行人連忙逃出秦國，等秦國追兵趕到關口，已經遠遠落在後面，不得不放棄追捕。

1　毛遂自薦：戰國時，秦兵圍攻趙國，平原君至楚求救，門下食客毛遂自薦前往，並說服楚王同意趙楚合縱。後比喻自告奮勇，自我推薦。

身為一個領袖，要像孟嘗君那樣做個善識人才的「伯樂」，那麼雞鳴、狗盜這類的人，有朝一日也能小兵立大功。

詩佳老師說

當初孟嘗君接納門客，目的是在廣招人才、擴大勢力，既沒有經過精細的篩選，也無力深入去認識每位門客，像雞鳴狗盜這種小偷與口技藝人的加入，曾讓許多賓客感到羞恥，尤其是門客中多得是自視甚高的人，根本不屑與這種不學無術之人為伍。後來孟嘗君在秦國遭遇困境，這些有才學的門客卻全都束手無策，還得靠這兩個「雞鳴狗盜之徒」使出看家本領，解救所有人的性命。這個故事不但有絕妙的對比，更啟發我們「人人都有可取之處」的道理，可以與王安石的〈讀孟嘗君傳〉對讀。

名句經典

天生我材必有用。——唐・李白〈將進酒〉

天地造就我的才幹，必有它的用處。名句說明李白儘管在政治上受到挫折，但他仍然對自己充滿信心，對未來也抱持著樂觀的態度，積極向上。他認為自己的才能終將得到施展，這是對自我、對人生的肯定。相關詞是「求賢若渴」[2]。

---

2 求賢若渴：慕求賢才，有如口渴急於飲水。形容求才的心情非常迫切。

◆原本被看不起的雞鳴、狗盜伎倆救了孟嘗君，說明人人都有可取之處。

㉒屈原和漁父

（西漢・司馬遷《史記・屈原賈生列傳》）

【經典故事】

楚國的三閭大夫屈原感到救國無望，默默地，他垂下了一向高昂的頭。

西元前278年，楚國的都城郢[1]被秦軍攻陷，從此楚國失去了抵擋的力量，秦軍如入無人之境，在楚國的心臟地帶縱橫奔馳，隨意肆虐。不久前還熙熙攘攘[2]的郢城，沒有了人喊馬嘶，只聽得見沉痛的悲歌。

自從楚頃襄王聽信讒言，放逐屈原以後，屈原每天都在抑鬱糾結的心情中度過。這幾天楚都淪陷，許多楚人紛紛往南方遷移避難，便也將城破的噩耗帶來江南。

屈原聽說了，大為震驚，原本他還對楚國和政治存有一絲幻想，但是此刻「期待」已被摔成無數的小碎片——他是徹底絕望了。

他懷著沉重的失落感，獨自在湘江流域一帶行走徘徊。他在沼澤畔為國破家亡吟唱著哀歌，神情是那樣憔悴，身體是那麼枯瘦。

有個漁翁打老遠就看見屈原，不禁感到詫異，將小船划近岸

1 　郢：一ㄥˇ。春秋時楚國的都城。故址在今中國湖北省江陵縣境。
2 　熙熙攘攘：形容人來人往，熱鬧擁擠的樣子。

邊，問道：「您不是三閭大夫嗎？為何變成這等模樣？」

屈原嘆了口氣，對漁父說：「當世人都混濁不堪時，只有我一人是清清白白的；當人人都喝醉時，只有我一人還清醒。所以我就被排擠放逐了。」

漁翁聽了，淡淡地說：「聖人有著超凡的智慧，不會受限於任何事物，所以能隨世俗的改變而調整處事方法。既然世人混濁不堪，您為何不順勢翻攪水底的汙泥，掀起水面的波浪，與他們同流合汙呢？既然人人都喝醉，您為什麼不也吃些酒糟，喝點薄酒裝醉呢？為何還要表現出憂國憂民、清高的言行，害自己被放逐？」

屈原苦笑一聲，對漁父說道：「我聽說，剛洗過頭髮，一定要先彈掉帽上的灰塵，才能戴帽子，以免弄髒；剛洗過澡，一定要先抖掉衣服上的灰塵，才能穿上。我怎能讓這乾淨的身體，去接觸那些骯髒的東西呢？我寧願跳進湘江裡給魚兒吃，也不願讓潔白的人格，受到塵埃的汙染。」

漁父只是微微一笑，就搖著櫓離開了。他一邊敲擊船邊，一邊高聲唱道：「滄浪的水多清澈啊，可以洗我的帽帶；滄浪的水多汙濁啊，可以洗我的腳。」

豁達的漁父在歌中訴說胸懷，他想告訴屈原：不論水是清、是濁，處在朝廷就為國君分憂，處於民間就為百姓煩惱；時勢對自己有利便去做，世道難行就獨善其身，這才能保全自己啊！

屈原望著漁船漸行漸遠，漁父的歌聲終於聽不見了。這番人生

的道理，屈原豈有不懂？然而他終究不願意同流合汙[3]，做出違背心意的事。

到了五月初五這天，屈原穿上平日最喜歡的衣服，頭上戴著高冠，腰間懸掛長劍，鬱鬱地來到汨羅江畔。他環視這片愛得深切的土地，終於抱著石頭，躍入汨羅江中。

此後，這滔滔江水所承載的，便是一位忠臣的赤膽忠心。

詩佳老師說

屈原的出身不凡，他是貴族，更是個政治人才，口才又好，早期的確深受楚懷王的信任，曾經擔任三閭大夫的職位，執掌祭祀及楚國王族的事務，但是他的改革施政，卻招來其他貴族大臣的反對和嫉妒。昏庸的楚懷王聽信讒言，就與屈原漸行漸遠，屈原終於被放逐。放逐後，屈原在和漁父的一次對話中，各自表明心志：漁父認為，處世不要太過清高，世道好就出來做官；世道不好，就順勢而為，大可不必落到被放逐的地步。但是屈原表示，他寧可投江而死，也不能與小人同流合汙。屈原和漁父的談話，正表現了兩種處世的哲學。

3　同流合汙：隨世浮沉。後多指跟壞人一起做壞事。

舉世皆濁我獨清，眾人皆醉我獨醒。——西漢·司馬遷《史記·屈原賈生列傳》

　　世人都混濁不堪時，只有我一個人清白；人人都喝醉時，只有我一個人醒著。一般都用於處事或社會、政治等場合。屈原認爲，楚王和國人都看不到國家潛在的威脅，而他的遠見，使他看到了亡國的前景。相關詞是「眾醉獨醒」。

【漫畫經典】

水清可以洗帽，水濁可以洗腳呀！

我寧願跳江而死，也不願受塵埃汙染。

◆屈原的人格高潔，不願隨世俗逐流，漁父則主張應當順應時勢而為。

㉓ 人不可貌相

（西漢・司馬遷《史記・管晏列傳》）

【經典故事】

　　在齊國的朝廷大殿，你看到一位身材矮小、窄肩膀的男人，單薄得像個隨時可以乘風歸去的紙人，然而他的腰板挺直，意志堅定，彷彿一座難以撼動的塔——那就是齊國的宰相「晏子」。

　　晏子其貌不揚，但是頭腦靈敏，能言善辯，大夫們說不過晏子，便經常嘲笑他：「英雄豪傑大多相貌堂堂，高大雄偉，看看你的身高不足五尺，手無縛雞之力，只靠一張嘴而沒有實際的本領，不覺得可恥嗎？」

　　晏子淡淡回答：「我聽說秤錘雖小，能值千斤；舟槳雖長，不免被水浸沒；紂王勇武絕倫，也難逃身死國滅。外貌如何，不代表一個人的本領。」

　　除了辯才無礙，晏子更是出色的外交官。有一次出使楚國，楚王知道晏子的個子很矮，就想捉弄他，命人在城門邊開了個小門，請晏子進去。

　　晏子知道楚王有意羞辱，為了維護國家與個人尊嚴，就嚴詞拒絕。他說：「到了狗國，才走狗洞，我現在是出使楚國，不應該走狗門。」楚國的官員聽見，為了不被指為「狗國」，只好請他從大門進去。

　　晏子拜見楚王，楚王故意問：「齊國沒有人了，才派你來

嗎？」晏子昂首，傲然答道：「齊國的人多極了，光是首都就有上百條街道，人們把衣袖舉起來，可以遮住太陽，甩汗水就像下雨一樣。」

楚王問：「既然如此，那為什麼偏偏派你呢？」

晏子不慌不忙地說：「我們齊國派大使出訪很講究，精明能幹的人，就會被派到道德高尚的國家；愚蠢無能的人，就會被派到不成器的國家。我是最愚蠢、最無能的人，所以就派我出使楚國了。」晏子表面上罵自己，實際上暗罵楚國是「不成器的國家」，令楚王無言以對。

晏子心胸寬廣，眼光獨到。一次他乘車外出，車伕的妻子透過門縫觀察丈夫，只見丈夫揚鞭驅馬，洋洋得意的模樣。等丈夫回家，妻子便主動要求離婚。

車伕很驚訝，問妻子為何離婚？妻子回答：「晏子身高矮小，卻是齊國宰相，名聲顯達於諸侯。今天我見晏子乘車出門，在車中志念深遠，態度謙和。但夫君您以八尺之軀為人駕車，竟因此自滿起來，這就是我要離開的原因。」

車伕十分慚愧，從此收斂了驕慢之氣，變得謙退恭謹起來。

晏子發現車伕的行為舉止有所改變，感到很奇怪，追問原由，車伕便如實報告，晏子因此推薦他做了齊國的大夫。

詩佳老師說

　　這個故事告訴我們，與人交往時，不能只根據外貌來評估一個人的才能、本質和行為，因為有些事物給人的第一印象，看起來很吸引人、很有價值，但可能轉眼間就被發現一無用處。在故事中，車伕的妻子見微知著[1]，藉著評論晏子，使丈夫認識自己的缺點，改變命運，是有智慧的女子；而車伕能接受妻子的勸告，自我提升，也是值得肯定的事。晏子洞察這對夫妻的難得之處，願意推薦馬伕去做官，可說是獨具慧眼，他的內涵散發出智慧之光，也帶給我們許多省思。

名句經典

形相雖惡而心術善，無害為君子也。——戰國・荀況《荀子》

　　一個人的外貌雖不佳，但是心地良善，仍然不妨礙他成為一位君子。美麗藏在觀看者的心靈，美是很主觀的，人人都有自己的審美標準，與其去遷就、盲目的跟從別人的審美觀，不如肯定自己、培養品德與自信。相關詞是「以貌取人」。

1　見微知著：看到事情的些微跡象，就能知道它的真相及發展趨勢。

◆ 晏子使楚。楚王知道晏子身材矮就故意羞辱，晏子則順勢給予反擊。

㉔幽默的說服力

（西漢・司馬遷《史記・滑稽列傳》）

【經典故事】

一個身高不到七尺的入贅女婿淳于髠[1]，卻是經常出使諸侯國的重臣，而且從來沒有讓國家受過屈辱，且看他如何地能言善辯。

齊威王很喜歡猜謎，又愛沒有節制的徹夜宴飲，陶醉在飲酒中不管政事，上樑不正下樑歪，連文武百官都荒淫放縱起來。各國知道後都來侵犯，眼看齊國就要滅亡了，但大臣們都不敢進諫。

個性滑稽的淳于髠，就故意用謎語規勸威王：「城裡有隻大鳥，落在大王的庭院裡，三年不飛又不叫，大王知道這隻鳥是怎麼了嗎？」威王說：「這隻鳥不飛則已，一飛就直沖雲霄；不叫則已，一叫就使人驚異。」威王懂淳于髠的用意，及時醒悟，詔令全國官員入朝報告，根據政績賞罰分明；又發兵抵抗各國的侵略，諸侯十分驚恐，都把侵占的土地歸還了。

威王一鳴驚人，齊國的聲威竟維持長達三十六年。

齊威王八年時，楚國派大軍侵犯齊國。威王派淳于髠帶著黃金百斤和馬車十輛送趙王，好搬救兵回來。淳于髠看了禮物卻哈哈大笑，把綁帽子的帶子都笑斷了。威王納悶地說：「有什麼好笑？嫌禮物太少麼？」淳于髠笑說：「怎麼敢嫌少！」齊王慍道：「那你

---

[1] 髠：ㄎㄨㄣ。剃髮。多用於刑罰。

笑的意思是什麼？」

　　淳于髡笑著說：「今天我從東邊來，看到路旁有人拿著一個豬蹄、一杯酒祈禱田神：『請將高地上收穫的穀物盛滿籮筐，低田裡收穫的莊稼裝滿車輛；五穀繁茂豐熟，米糧堆積滿倉。』可是我看他拿的祭品很少，求的東西太多，所以覺得好笑。」說完還是嘻嘻笑個不停。

　　威王就把禮物增加到黃金千斤、白璧十對、馬車百輛，淳于髡才肯出發。到了趙國，趙王收下厚禮，便立刻撥給他十萬精兵、一千輛裏有皮革的戰車。楚國聽到這個消息，就連夜退兵，不再攻打齊國了。

　　威王非常高興，在後宮擺下酒席召見淳于髡，問他說：「先生的酒量如何？」淳于髡微笑：「我喝一斗酒也能醉，喝一石酒也能醉。」威王大奇，問道：「喝一斗就醉了，怎能再喝一石呢？請問這是什麼道理？」

　　淳于髡說：「大王當面賞酒給我，執法官站在旁邊，御史站背後，嚇得我心驚膽戰，低頭喝不了一斗就醉了。如果家裡有尊貴的客人來，我捲起袖子，鞠躬奉酒給客人，客人也不時勸酒，這樣喝不到兩斗就醉了。如果和朋友好久不見，忽然間相見，高興地聊以前的事情，大約喝五六斗就醉了。」

　　威王點點頭。淳于髡又道：「至於和同鄉聚會，男女同坐敬酒，沒有時間限制，一起玩著六博、投壺的遊戲，握手言歡也不受處罰，眉目傳情不被禁止，面前有女人掉下的耳環，背後有丟掉的髮簪，這時我最開心了，可以喝上八斗酒，也不過兩三分醉意而

已。」威王聽了會心一笑。

淳于髡又道：「等到天黑，就把剩下的酒倒在一起，大家促膝而坐，男女同席，鞋子木屐亂放，杯盤雜亂不堪。房裡的蠟燭已經熄滅，主人只留住我，把別的客人送走。我呢，就毫無顧忌地把衣襟解開，隱約聞到陣陣女人香和酒香，這時我心裡最高興，能喝下一石酒。所以酒喝得過量，就容易出亂子，樂極生悲，所有的事都是如此啊！」淳于髡希望威王了解，任何事都不可走向極端，到了極端就會衰敗。威王用力一拍大腿，說：「好！」

於是，威王從此不再徹夜的縱酒狂歡，還任用淳于髡擔任接待諸侯賓客的賓禮官，此後只要威王安排了酒宴，淳于髡便經常作陪。

詩佳老師說

個性滑稽的淳于髡擅長謎語，也就是「隱語」，是一種富於哲理的諷喻手法，他與人辯論或向國君進諫時，經常用幽默的諷喻說明道理，令人心悅誠服。「幽默」是說服他人的利器，英國哲學家培根說：「善談者必善幽默。」幽默意味著心態開放，使人放鬆。面對不友善的聽眾，幽默可以維持聽眾的興趣，建立聯繫，將使你獲得更多的信任和支持。

此鳥不飛則已，一飛沖天，不鳴則已，一鳴驚人。——西漢・
司馬遷《史記・滑稽列傳》

　　這隻鳥不飛就算了，一飛就直沖雲霄；不叫就算了，一叫
就使人驚異。齊威王本來耽溺逸樂，不管政事，聽了隱語而有
所領悟。後來就比喻人如有不平凡的才能，只要善加運用，一
旦發揮，往往有驚人的作為。相關詞是「一鳴驚人」。

【漫畫經典】

◆ 淳于髡鼓勵齊威王善用自己的才能，　◆ 楚國侵犯齊國。齊威王派淳于髡帶禮
　 必定能有不平凡的作為。　　　　　　　 物向趙王討救兵，禮物卻準備太少。

㉕智勇雙全的藺相如

（西漢・司馬遷《史記・廉頗藺相如列傳》）

【經典故事】

　　楚文王即位，楚人卞和就抱著璞玉[1]，坐在山中放聲嚎哭，他痛心的不是被厲王、武王斬斷的雙腳，而是沒人相信他懷中的璞玉是稀世珍寶。

　　此事引起文王的好奇，便派出玉匠剖開璞玉，只見此玉從側面看如荷塘碧綠，正面看卻轉為純白，果然是塊寶玉！文王就將它命名為「和氏璧」。

　　寶玉沒有被人遺忘，多年以後，輾轉落到了趙惠文王手中。秦昭王得知，便派遣使臣送信給惠文王說：「秦國願以十五座城池和趙國交換和氏璧。」

　　惠文王和大臣們商議：「秦國強大，如果把玉交給秦昭王，他卻不把十五座城池給我們，該如何是好？如果不給玉，秦昭王可能一氣之下派兵來打我們，該怎麼辦？」眾人舉棋不定[2]，找不到能夠出使秦國的人。

　　宦官繆[3]賢忽然說道：「我的門客藺[4]相如應該可以出使，此人

1　璞玉：璞，ㄆㄨˊ。未經琢磨加工的玉石。
2　舉棋不定：拿著棋子，不能決定下一步。比喻做事猶豫不決，拿不定主意。
3　繆：ㄇㄧㄡˋ。
4　藺：ㄌㄧㄣˋ。

有勇有謀，適合擔任特使。」於是惠文王立刻召見藺相如。

惠文王問：「秦國要用十五座城換玉，我該不該答應呢？」相如毫不遲疑地說：「秦強，趙弱，您不答應也不行。」惠文王憂心地問：「可是秦國拿了玉，卻不把城給我，該怎麼辦？」相如說：「秦國要拿十五座城來換玉，假如趙國不答應，當然是趙國的錯；反之若秦國得了玉，卻不把城給趙國，那錯就在秦國了。還是派人將玉送到秦國比較好。」

惠文王覺得很有道理，便問：「依你看派誰去好呢？」相如自告奮勇地說：「假如大王找不出合適的人，臣倒願意前往。秦國如果把城池給我們，我就把玉留在秦國；如果食言，我一定負責將玉原封不動地送回趙國。」

惠文王於是派藺相如護送和氏璧到秦國去。

秦昭王高坐在章台宮接見藺相如。相如捧著和氏璧進獻。昭王見到玉，高興得不得了，把玉捧在手上仔細欣賞，又將它傳給侍臣和嬪妃看，卻不提交換的事。

相如看出秦王沒有誠意，就向前說道：「大王，這塊玉雖然是稀世珍寶，但仍然有些瑕疵，請讓我指給大王看！」昭王忙道：「快指給我看！」

相如從昭王手中接過玉，立刻後退了幾步，背靠著柱子，怒髮衝冠⁵地說：「有瑕疵的不是玉，而是大王的誠信！如果大王強迫我交出來，我就拿玉和我的頭去撞柱子，一起砸個粉碎。」相如舉著

5　怒髮衝冠：盛怒的樣子。

玉，側頭斜視殿柱，準備撞過去。

昭王急了，連忙笑說：「你先別氣，我這就命人把地圖拿來，劃出十五座城市給趙。你可以放心了吧！」

相如知道這只是緩兵之計，就對昭王說：「和氏璧是天下公認的寶物。趙王怕你們，不敢不獻，送玉前，還齋戒了五天。您也該齋戒五天，在朝廷上設九賓[6]大禮，我才敢獻玉。」昭王心想此事終究不能強奪，就答應了。

相如便趁機叫人帶著和氏璧，從小路送回趙國。

五天過去，秦昭王果真以隆重的禮節接待藺相如。相如一見秦王便說：「秦國從穆公以來二十多位國君，沒有一位堅守信約，我怕被欺騙而辜負國家，所以叫人把玉送回去了。好在秦國強而趙國弱，大王只要派使者到趙國，玉立刻送來。秦國強大，要是先用城池換玉，趙國怎敢得罪大王呢？我知道欺君之罪該當受罰，請您賜我死罪烹煮我吧！只希望您能仔細考慮這件事。」

秦昭王和群臣面面相覷[7]，發出驚怪聲，侍衛想把相如拉去處死，卻被昭王阻止：「現在殺了他，終究得不到玉，卻破壞了兩國的友好關係。不如好好款待他，讓他回趙國。趙王難道會因為一塊玉而欺騙秦國嗎？」於是對相如以禮相待，並送他平安返回趙國。

6　九賓：古代朝會大典設九賓，指公、侯、伯、子、男、孤、卿、大夫、士。

7　面面相覷：覷，ㄑㄩˋ。互相對視而不知所措。形容驚懼或詫異的樣子。

詩佳老師說

藺相如甘冒生命危險為國家效命，忠心愛國，他聲稱要與和氏璧一同撞死，更在秦王面前斥責秦國的歷代君王，說他們言而無信，說完以後，就要求接受死刑，可見勇敢過人。當他知道秦王沒有誠意用城池交換和氏璧，就假裝說「玉有瑕疵」，將玉騙回手中，再用緩兵之計要秦王齋戒，同時悄悄的派人將玉送回趙國，可見智慧過人。不過，秦昭王雖然受到藺相如的欺騙，最後卻能顧及大局，反而對藺相如以禮相待，的確也展現出身為大國君主的格局。

名句經典

布衣之交尚不相欺，況大國乎。——西漢・司馬遷《史記・廉頗藺相如列傳》

平民百姓之間的往來，尚且不互相欺騙，更何況是大國之間。缺乏誠信是國際間最大的公害，公害易生腐敗，向下腐化了國家、社會、企業甚至個人，造成無法彌補的損失。誠信考驗著我們每一個人。相關詞是「貪而無信」。

◆藺相如看出秦昭王無心換玉，便將和氏璧騙來，假意撞柱做為要脅。

魏晉南北朝

❷❻宗定伯賣鬼

（三國・曹丕《列異傳・定伯賣鬼》）

【經典故事】

子桓，我是宗定伯。讓我跟你說個故事，希望你將他寫成筆記小說。

我年輕時，在某個月黑風高的夜晚獨自行走，遇到了一隻鬼。別懷疑，那真的是鬼！鬼長得跟人差不多，不難看，身材很高壯，可是走起路來輕飄飄地，像是踩在雲端，感覺很沒精神，我想應該是隻懶鬼。

我深吸一口氣冷靜下來，想問清楚鬼的來意，於是我問：「你是誰？」鬼安靜了片刻，忽道：「我是鬼。」聲音氣若游絲，一副中氣不足的樣子。我想這是隻餓鬼。

鬼帶點遲疑的聲音問我：「你呢？你又是誰？」原來鬼有點搞不清楚狀況，並不是存心找人麻煩，那我乾脆假裝是同類好了。於是我回答：「我也是鬼。」鬼點頭表示同意。這麼容易就過關，莫非它根本是一隻笨鬼？

鬼問我：「你要去哪裡？」我心想我正要回家，但可不能讓你知道我家的地址。於是回答：「我要去宛市。」鬼說：「我也要去宛市。」原來是黏人鬼！

我們一起走了幾里路，鬼突然開口：「這樣走太累了，不如互相背對方吧！」這個點子倒不錯。我回答：「就這樣吧！」這隻鬼

好體貼，是個熱心鬼。

　　鬼先背著我走幾公里，不一會兒，鬼就氣喘吁吁地說：「你眞重，可能不是鬼吧？」「應該是我剛死，所以比較重。」我隨口編個理由搪塞[1]，鬼竟然點頭相信了，難道是個單純的好鬼？

　　接著輪到我背鬼了，他幾乎沒有什麼重量，果然人與鬼的差別就在這裡。就這樣，我們輪流背對方好幾次，倒是相安無事。

　　我終於決定大著膽子試探。我問鬼：「我剛死，不知道鬼都害怕什麼呢？」鬼說：「也沒別的，只是要當心人類的口水。」眞是個呆鬼！一下子就把弱點告訴我了。我在心裡竊喜。

　　走著走著，看到了一條平淺的小河。我對鬼說：「你先過去吧。」鬼走了過去，一點聲響也沒有。接著換我走，腳下的水卻發出嘩嘩的水聲。

　　我心裡覺得糟糕，表面上仍然保持鎮定。果然鬼開口問了：「爲什麼會有聲音？」我連忙回答：「因爲我剛死，不習慣渡水，別見怪。」鬼很滿意這個答案。

　　宛市就近在眼前了，我手一伸，忽然將鬼打橫了扛起來，然後加緊腳步往宛市狂奔去。鬼緊張地在我頭上大叫：「快放我下來！」我不理他，繼續狂飆，只顧著往市場衝。

　　到了市場裡面，我將鬼重重地摔在地上，鬼一著地，竟然變成一頭羊。我開始大聲叫賣：「有鬼大拍賣！只有一隻，要買要快！」我怕鬼變回來，又在他的身上吐了口水。很快就有人出價一千五百兩。我一手拿錢，一手交貨，便頭也不回地離開了。

---

[1]　搪塞：塞，ㄙㄜˋ。敷衍了事。

子桓，你說人比鬼可怕嗎？看來似乎是這樣的！

詩佳老師說

　　〈定伯賣鬼〉這個故事，出自六朝時期的志怪小說《列異傳》，傳說作者是三國時期的魏文帝曹丕。曹丕字「子桓」，就是宗定伯說故事的對象。原來的古文，是用第三人稱的方式平鋪直敘，但是我們改用宗定伯的角度來說故事，就更能忠實地呈現「人比鬼更可怕」的寓意。在故事裡，宗定伯與鬼同行的過程中，一直在算計鬼，不斷地猜測、盤算、向鬼套話，最後還成功將鬼給「出賣」了。反觀這個鬼，卻非常的老實，容易上當，不禁讓我們思考：有些人如果使壞，是不是比鬼還可怕呢？

名句經典

有機智必有機心。——西漢・劉向《説苑》

　　頭腦靈活，可以隨機應變的人，必具有巧詐之心。出自《説苑》，此書按類編輯了先秦至西漢的歷史故事和傳說，並夾有作者的議論，借題發揮儒家的政治思想和道德觀，蘊含哲理。主角宗定伯是極有機智的人，同時也很有機心。相關詞是「隨機應變」[2]。

2　隨機應變：臨事能妥善變通處置。

◆ 宗定伯欺騙鬼以套出弱點，使鬼變成一頭羊，並在市集拍賣得金。

㉗桃花源奇幻旅程

（東晉・陶淵明〈桃花源記〉）

【經典故事】

「自從秦氏逆人道，賢者紛紛避其世。」漁人一面撐起長篙，向溪水深處盪去，一面繼續對日高歌：「……春蠶收長絲，秋熟靡王稅。沒有官欺凌……」蒼涼的歌聲飄揚在水面上，久久不絕。

這唱歌的漁夫名叫黃道眞，時常在黃聞山側的溪水間划船釣魚，今日看天氣正好，忍不住就高歌起來，詞中說的是秦始皇暴虐無道、欺凌百姓的一段歷史，傳遞歌者對於沒有暴政壓迫的社會，著實心嚮往之。

此時正是東晉太元年間，武陵人黃道眞這天順著溪水划船，因爲醉心於歌唱，不知不覺竟然忘記路程的遠近。忽然小船轉到一大片桃花林，只見桃樹夾著溪流兩岸，長達數百步；地上草色新鮮碧綠，墜落的花瓣繁多交雜，紛紛落下而成了桃花雨。道眞爲這片美景所迷，便繼續提起竹篙[1]，往桃林深處行去。

划了許久，終於來到溪水的發源處，往前望就沒有桃林了，緊接著看見一座山，山上有個小洞口，隱隱有光亮自其中透出。道眞就丟下小船，從洞口進去。剛開始洞口狹窄，僅能讓一個人走過，走了幾十步路後就漸漸寬敞起來。

---

[1] 篙：ㄍㄠ。撐船的竹竿或木棍。

又走了幾步路，突然眼前一亮，前方竟出現大片廣闊的田野，土地平坦開闊，房屋建置得整整齊齊，有肥沃的田地、美麗的春波碧草和桑樹竹子。田間小路交錯相通，村子的巷弄間都能聽到雞鳴狗叫的聲音。人們來來往往耕田勞作，男女身上的穿戴完全不像東晉時代的人。老人和小孩臉上的神情是一副悠閒的模樣，在這裡人人平等、自給自足。

村民們看見道真，都很驚奇，連忙問他從哪裡來？道真詳盡地回答，也從村民的口中得知這裡叫做「桃花源」。熱情的村民邀請道真到自己家裡，並且擺酒、殺雞，作飯菜請客。其他人聽說有陌生人來訪，也都過來與道真攀談。

村民表示祖先為了躲避秦朝的禍亂，帶領妻兒和同鄉人來到這與世隔絕的地方，從此就沒有出去過了。他們詢問現在是什麼朝代？道真據實回答，但驚訝的是村民竟不知道漢朝，更不必說魏晉了。

於是道真耐心地說明從秦以後到魏晉期間，天下大勢改變的情況，村民們聽完都十分感嘆。其他人各自邀請道真到自己的家中，拿出酒菜招待。幾天後，道真很思念家人，就要告辭離去。村民囑咐他：「我們這些平凡人和平常的生活，不值得對外面的人說啊！」

道真出來找到小船，就沿著舊路回去，一路上處處作了記號，想日後帶著家人重回桃花源隱居。然而當他回來尋找那片盛開的桃花林，卻怎麼都找不著，不知是否溪水漲潮沖走了記號，從此再也無法回到原來的路。

南陽劉子驥[2]，是一位高尚的名士，輾轉從朋友口中聽到這件事，很嚮往這片與世無爭的淨土，於是興沖沖地前往尋找桃花源，同樣找不到，回家後心情鬱悶，不久就病死了。唉，想在紛擾的人間尋求一片淨土，是多麼困難的事啊！

詩佳老師說

「尋找人間淨土」，是陶淵明的這篇〈桃花源記〉的主旨。故事裡的桃花源，景色美不勝收，住著一群躲避亂世的人們，作者先塑造出一個完美的地方，引起我們的好奇和興趣，在這裡人人平等，自給自足，令人心生嚮往。漁夫黃道真的角色，是負責帶領我們進行一場華麗的奇幻旅程，而最後劉子驥的角色，則是表現一般人想追尋美好世界的心情，他因為找不到桃花源，抑鬱而死，也側面反映出作者陶淵明失落的心情。其實桃花源並不存在，它只是陶淵明心中的理想境界。

名句經典

奇蹤隱五百，一朝敞神界。淳薄既異源，旋復還幽蔽。——東晉·陶淵明〈桃花源詩〉

桃花源隱蔽了五百年，有一天被人尋獲。這裡淳厚的風

---

2 驥：ㄐㄧˋ。

氣與世俗不同，所以隱蔽起來以免受外界汙染。〈桃花源記〉是〈桃花源詩〉的序，詩中傳達的內容與序相同，記敘一個烏托邦般的地方，此地是為了保護世人而存在，體現人們對「美好」的追求與嚮往，反映對現實的不滿與反抗。相關詞是「遁世離群」[3]。

【漫畫經典】

◆ 名士劉子驥也想尋找桃花源這樣的人間淨土，卻失望而返。

3　遁世離群：逃避人世，遠離群眾。隱居。

㉘眉間尺的復仇

（晉・甘寶《搜神記・眉間尺》）

【經典故事】

懷孕的莫邪撫著攏起的肚子，除了知道丈夫已死之外，其餘茫無頭緒。

莫邪與丈夫干將是楚國的鑄劍師，夫婦爲楚王鑄劍，三年後才完成雄雌兩劍。因爲拖延過久，楚王相當不滿，想要殺害夫婦倆。

當時莫邪即將生產，干將不捨地對她說：「楚王個性貪暴，這趟獻劍恐怕凶多吉少。我將雄劍留給孩子，如果生男孩，長大後就告訴他：『出門望南山，松樹生長在石頭上，劍就放在樹的背後。』」莫邪聽了心痛如絞，但爲了保全孩子，只好流著淚答應。於是干將拿著雌劍去見楚王。

果然楚王大怒，責備他的延遲，又派出懂得鑑定的人來看劍。那人回報：「劍本是兩柄，一雄一雌，現在只有雌劍來。」楚王震怒，就把干將處死了。莫邪得知丈夫的死訊，也只能忍住悲痛，獨自將孩子生下來。

幾年後，莫邪的兒子赤比成爲健壯的少年，他的眉間距離寬大，因此得了「眉間尺」的外號。有一天，赤比終於開口問母親：「我父親到底在哪裡？」莫邪只好含淚將丈夫的遺言告訴兒子。赤比想到父母的不幸，憤怒得緊緊捏住拳頭，決心報仇。

赤比反覆琢磨父親的遺言，就走出家門往南方看，並沒有山，

只見堂前的松樹下，有一塊大磨劍石，於是用斧頭砍開，果然在後方得到雄劍。此後，他日思夜想的都是如何謀刺楚王。

這天夜半，楚王噩夢纏身，夢見一個長相特異的少年，他的眉間廣闊，約一尺寬，手中拿著利劍，對楚王凶惡的說要報仇。楚王驚醒以後，大汗涔涔[1]而下，第二天就懸賞千金要買少年的人頭。

赤比知道消息，立刻逃走，一個人徬徨無助地到山裡獨行，想到傷心處就唱起悲哀的歌。有位劍客經過，忍不住問：「你年紀輕輕的，怎麼哭得這樣傷心？」赤比就將事情的來龍去脈說給他聽。

劍客聽完大怒，對赤比說道：「我願為你報這血海深仇！但是你得先將你的頭和劍都交給我。」赤比看著劍客，相知之心油然而生，毫不猶豫地說：「很好！」立刻舉劍自刎[2]，他的頭滾落在地，身體仍然站得挺直。劍客撫著赤比的頭與劍，堅定地說：「朋友，我決不辜負你！」屍身彷彿有靈，聽了這話，才放心地倒下來。

劍客提著赤比的頭拜見楚王，楚王大喜。劍客提議道：「這是勇士的頭，應當用湯鍋來煮。」楚王就命人煮頭。然而過了三天三夜都煮不爛，而且人頭竟然跳出來，張開眼睛對楚王怒目而視，楚王感到驚駭。

劍客趁機說：「人頭煮不爛，想必是怨氣太重，請大王親自到鍋邊，以您的帝王霸氣鎮壓，就一定爛了。」這話令楚王相當得意，於是走近鍋邊，劍客忽然迅速地抽出雄劍，斬下楚王的頭，頭便滾落湯裡。

1　大汗涔涔：涔，ㄘㄣˊ。形容人汗流不止的樣子。
2　自刎：刎，ㄨㄣˇ。割喉嚨結束自己的生命。

護衛們相當震驚，紛紛衝上前阻止，劍客立即舉劍砍掉自己的頭，頭也掉進湯裡。他要以死報答赤比的信任。

很快的，三個人頭都煮爛了，沒辦法分辨出彼此。宮中的人只好倒掉湯，把煮爛的肉埋葬在一起，稱作「三王墓」。

詩佳老師說

閱讀這個故事，我們可以注意幾個地方：第一、干將被抓以前，留下謎語，囑咐說生女兒就算了，生兒子再告訴他謎語，這並不是重男輕女，而是因為報仇的事，應該託付給頭腦聰明、又有勇武之力的孩子。第二、劍客看到赤比一個人哭著在山裡行走，問清楚真相後，立刻表示願意幫忙復仇，赤比也願意將性命，交託給他，這是真摯的知己之情。第三、楚王為了奪劍而殺人，最後也因為愛聽阿諛奉承的話而死，做壞事沒有好下場，滿足了讀者的願望。這個故事具備所有好故事的元素，值得我們品讀。

名句經典

士為知己者死。——《戰國策‧趙策一》

遇到完全瞭解和信任自己的人，即使只見一面，也可以為他犧牲性命。古代的仁人俠士，對人生價值的衡量，完全以精神為標準，甘願為理念和正義捨棄利益或獻身捨命，也願意為

了報答知遇之恩而捨生忘死。相關詞是「肝膽相照」[3]。

【漫畫經典】

◆ 赤比和劍客肝膽相照，彼此信任，是最真摯的知己之情。

---

[3]　肝膽相照：比喻赤誠相處。

㉙此物最相思

（晉・甘寶《搜神記・韓憑》）

【經典故事】

「紅豆生南國，春來發幾枝。願君多採擷，此物最相思。……」

詩人佇立在溫暖柔和的月色下低吟，沉思默想，原來是感嘆人世混濁，有情人難遇。他心想：「人世間，是否真的有至情至性之人？」

藍色的月光緩慢推移，映照到韓憑的家，這時有些寒意。宋康王的門客韓憑，最近娶了如花似玉的夫人何氏，夫妻倆美滿的婚姻，羨煞眾人。

何氏無法掩蓋她的美麗，很快地，這般出色的容貌就傳遍城內，也傳到好色的康王耳中。康王仗恃位高權重，逼著韓憑獻出夫人。韓憑自然不肯，於是康王就派人將何氏強奪進府內，更將韓憑囚禁起來，命他看守城門。

嬌弱的何氏被軟禁在康王府中，偷偷託人送信給丈夫，上面寫著：「其雨淫淫，河大水深，日出當心。」不料所託非人，這封信被康王得到。康王拿給左右臣子看，沒有人看得懂。

大臣蘇賀靈機一動上前稟告：「其雨淫淫，是憂愁與思念很深；河大水深，指遭到阻隔，不能往來；日出當心，是有殉死之心。應當多注意夫人的安全。」蘇賀因此得到賞賜。

　　過沒幾天，韓憑等不到妻子的音信，就自殺了。何氏被康王強占之後，原本就想要自盡，現在聽說丈夫已死，更是失去活下來的理由。她心裡一陣冰涼，反而哭不出來了，於是冷靜地偷偷用藥物腐蝕自己的衣服。

　　這天，何氏隨同康王登臺巡視，她站在高處往下看，頭有點暈眩，大風吹得身子微微發抖。何氏低頭在心裡默唸：「夫君，我這就來找你了！」便縱身從高臺跳下。侍衛們連忙伸手相救，但是手一碰到何氏的衣服，衣服就化為五顏六色的碎片隨風飛去。何氏終於墜地而死。

　　侍衛在何氏的衣帶裡找到一封遺書，呈給康王，上面寫著：「大王要我活著，可是我卻只求速死，但願大王有憐憫之心，讓妾的屍骨和韓憑合葬。」

　　康王十分惱怒，覺得沒面子，就命人把這對夫婦分開埋了，使兩墳遙遙相望，要他們做鬼也不得相見。康王更撂下一句狠話：「你們夫妻如此相愛，如果可以使兩座墳墓相合，我就不阻攔你們了。」說完，憤怒地打道回府。

　　沒想到一夜過後，兩座墳墓上忽然生出兩棵大梓木，到第十天就長到兩手合抱的粗細，兩樹的樹枝彎曲伸向彼此，連樹根也相互糾結在一起，枝葉彼此交錯。更有一對鴛鴦棲息樹上，似乎就是韓憑夫婦的化身，牠們日夜都不離去，交頸悲傷地鳴叫，聲音感人。

　　宋國人聽說這件事，都為他們感到哀傷，於是稱這兩棵樹為「相思樹」，「相思」一詞就由此而來了。

　　世間也只有這樣至情至性的人，才能以生命譜寫如此動人的愛

　　㉙此物最相思　（晉・干寶《搜神記・韓憑》）　**121**

情故事。

詩佳老師說

　　「問世間，情爲何物？直教生死相許。」[1]古人認爲情深到了極處，「生者可以死，死者可以生」，「生死相許」是極致的深情，除了死亡，沒有任何力量可以把眞心相愛的男女分開。就如故事中的韓憑夫婦，當愛侶已逝，另一個人怎能獨活？於是何氏決心追隨丈夫，從高臺躍下殉死。何氏用行動回答了什麼是「至情至性」，其實就是一個「信」字，信守對愛人的承諾，一生只愛對方一個。

名句經典

紅豆生南國，春來發幾枝。願君多採擷，此物最相思。——唐・王維〈相思〉

　　紅豆生長在南方，春天來臨時會發芽生長，但願你可以多採一些，因爲它象徵了我的思念。紅豆長得與人的心相似，猶如兩顆交疊的心，象徵愛與情的纏繞，因此，愛情成就了一顆顆紅豔欲滴的紅豆。相關詞是「相思如豆」。

---

[1]　語出金人元好問的〈雁邱詞〉。

夫君，我這就來找你了！

◆ 何氏在丈夫韓憑被害死後，決定生死相隨，從高臺躍下殉死。

㉚才德兼備的許允婦

（南朝宋・劉義慶《世說新語・許允婦》）

【經典故事】

　　新娘宛如一尊雕像，獨自坐在空蕩蕩的新房。她身著大紅緊身袍袖上衣，繡金煙紗散花裙，腰間用金絲軟煙羅[1]繫著，鬢髮低垂，眉目間隱然有書卷氣——然而她的相貌是醜的。

　　許允的新娘是阮共的女兒、阮德如的妹妹，家世好，但長相特別醜，許配給官吏許允。新婚當天行禮後，許允掀開蓋頭見了新娘，大失所望，竟然怎樣也不肯再進去了。許家人十分擔憂，更怕得罪親家。

　　新娘落寞地坐在床沿，不知如何是好，此時聽見外頭有客人來向許允道賀，便叫婢女去打聽。婢女回報：「是才子桓範來了。」新娘轉憂為喜說道：「那就不用擔心，桓公子一定會勸他。」

　　果然桓範聽完許允訴苦，便微笑說：「天下的男子都愛美女，但阮家既然嫁個醜女兒給你，必有用意，你該好好地了解她。」許允便重入新房，但他見到新娘後，又拔腿想溜。新娘怕他可能不會再進來，便拉住他的衣襟強留。

　　許允很無奈，便問：「女子該有四種美德：婦德、婦言、婦容、婦功，妳有哪幾種？」新娘揚起頭說：「我所缺少的只是美麗

---

[1] 軟煙羅：絲織物，極薄，用以糊窗扉或作帳子。

而已。可是讀書人應該有的品行，您又有幾種呢？」許允自信地說：「樣樣都有！」新娘掩著嘴笑：「君子最重視『德』，可是您愛色不愛德，怎能說樣樣都有！」

許允非常慚愧，同時對妻子的智慧佩服不已，從此夫婦倆便互相敬愛。

許允擔任吏部郎時，任用了很多同鄉擔任官員，被人指他有培植勢力之嫌。魏明帝曹叡知道了，就派遣宮廷的衛士逮捕許允。

許允的妻子見丈夫被抓，就光著腳急忙跑來對丈夫說：「皇帝英明，可以用道理說服，卻不能用感情打動。」許允將妻子的話牢記在心。

魏明帝盤問許允。許允說道：「孔子說，要推舉你了解的人。我的同鄉正是我最熟悉的，您不妨考察他們的政績，若不稱職，臣甘願受罰。」果然這些官吏都很稱職，許允就被釋放了，還受到賞賜。

後來許允被任命為鎮北將軍，高興地對妻子說：「往後我不必再擔心了。」妻子卻眉頭深鎖地說：「我看禍事正要由此而生。」

當時司馬師、司馬昭兄弟專權，許允密謀殺司馬師，但還沒發兵就受其他事件牽連下獄。許允被收押後，他的學生急忙趕回來通報，許允妻卻平靜地說：「早知道有這樣的結果。」

許允終於被殺。學生們擔心司馬師想斬草除根，便要將許允的兩個兒子藏起來。但許允妻阻止他們，說：「不必安排兒子們的事了。」她不逃跑，而是帶著兒子搬到丈夫的墓地旁去住，所有人都想不透她的用意。

司馬師果然派鍾會去探視許允的兒子，想了解他們的才幹，並交代：「他們若提起父親，就抓去關。」許允的兒子們很擔心，但許允妻鎮定地說：「你們的品德才學算不錯，但並非出色，只要坦率地與鍾會交談就沒事了，不必表現極度的悲傷，也不可以過問朝廷的事。」

兒子們聽從母親的話，鍾會果然認為他們才識平庸，對政治也沒興趣，不會造成威脅，就沒有再謀害他們。許允的兒子能免遭殺害，完全得自母親的智謀。

詩佳老師說

從現代的觀點來看，許允的妻子是個有智慧的女子、古代的新女性，但當時女性的價值，仍然受到傳統「三從四德」[2]的限制，這是社會給女性的道德束縛，許允的妻子也沒有跳脫出來。不過，雖然她是一個傳統社會的婦女，但是非常有智慧，她知道自己其貌不揚，就在許允的面前坦言自己的缺點，但是這種坦白、不卑微的態度，反而能讓她展現魅力與自信。至於許允，在妻子指出他「好色不好德」的缺點後，也能知道羞恥，坦然認錯，確實是一位有德的君子。

2　三從四德：三從指在家從父、出嫁從夫、夫死從子。四德指婦德、婦言、婦容、婦功。是舊時社會婦女應具備的德性。

吾未見好德如好色者也。——《論語·雍也》

　　我從沒見過喜愛道德像喜愛女色的人,意思是:人都是喜愛女色超過喜愛道德的。孔子以自己的親身感受和觀察發出嘆息,指出飲食男女是人性的一部分,但是君子重視道德修養,勝過對慾望的追求。相關詞是「好色之徒」。

【漫畫經典】

君子的品德,我樣樣都有。

您好色不好德,嫌我醜,怎能說樣樣都有?

◆ 許允嫌妻子醜陋不願結婚,後來佩服妻子的智慧,從此夫婦互相敬愛。

❸才德兼備的許允婦 (南朝宋·劉義慶《世說新語·許允婦》) **127**

唐

㉛泥水匠王承福

（唐・韓愈〈圬者王承福傳〉）

【經典故事】

粉刷牆壁這種手藝，卑微而且辛苦，但是王承福卻好像很滿意這份工作。

韓愈偶然認識泥水匠王承福，聽他說話簡單明白，意思卻很透徹，不禁好奇地問他：「聽你談吐不凡，不知你的家世背景如何呢？」

王承福擦拭著沾滿油漆的手，說道：「我的祖先是長安的農民。安史之亂時，國家徵求百姓當兵，我就入伍了，手拿弓箭戰鬥了十三年，有官家要給我官勛，但是我放棄了，就回到家鄉來。因為戰亂，我失去了田地，就靠著拿油漆刷維持生活，這樣過了三十多年。我曾寄住在工作的屋主家裡，根據當時房租、伙食費的高低，把粉刷牆壁的工錢歸還給主人。如果還有工錢剩下，就拿去給流落街頭的那些殘廢、貧病、饑餓的人。」

韓愈微微點頭。

王承福淡淡地說：「我是靠自己的力量謀生。糧食是人去種才長出來的。布匹絲綢，一定要靠養蠶、紡織才能製成。其他用來維持生活的物品，也都是靠人勞動才生產的，我都離不開它們。但是人不可能樣樣都親手製造，最好就是各人盡他的能力，互相合作來求生存。」

他話鋒一轉，忽然嚴肅起來道：「所以國君的責任是治理我們，讓我們能生存，官吏的責任是聽從國君的旨意教化百姓。責任有大有小，只有盡自己的能力去做，好像容器的大小雖然不一樣，但是各有各的用途。如果光吃飯、不做事，老天一定會降下災禍，所以我得相當勤奮，不敢丟下油漆刷出去享樂。」

韓愈很驚訝，沒想到這位泥水匠的見識如此不凡。

只聽王承福又道：「粉刷牆壁是比較容易掌握的技能，可以努力做好，有確實的成效，還能得到應有的報酬，雖然辛苦卻問心無愧，所以我心裡很坦然，力氣就容易使出來。人的頭腦卻很難勉強獲得聰明，所以靠體力工作的人被雇用，用腦力的人雇用人，也是應該的。我只是選擇那種容易做、又問心無愧的工作來取得報酬哩！」

王承福忽然感嘆起來。原來他到富貴人家工作，已經很多年了，有的人家他只去過一次，下回再從那經過，房屋已經成為廢墟了。有的他曾去過兩、三次，後來經過那裡，發現也成為廢墟了。他向鄰居打聽，有的人說：「屋主被判刑殺掉了。」有的人說：「屋主已經死了，可惜子孫不能守住遺產。」也有的人說：「人死了，財產都充公了。」

幾年下來，王承福真的看清了世情，也看淡了人間的變化無常。

他對韓愈說道：「那些人的遭遇，不正是偷懶怠惰，所以遭到天降的災禍嗎？不正是勉強自己去做才智達不到的事，選擇與才能不相稱的工作，卻要占據高位的結果嗎？不正是做了虧心事，明知

不行，卻勉強去做的結果嗎？也可能是富貴難以保住，少貢獻卻多享受造成的結果吧！也許是富貴貧賤都有一定的時運，來來去去，不能經常擁有吧？我憐憫這些人，所以選擇自己能做得到的事情去做。喜愛富貴，悲傷貧賤，我難道與一般人不同嗎？」

他又道：「貢獻大的人，他用來供養自己的東西多，妻子兒女都能自己養活。我能力小，貢獻少，沒有妻子兒女也可以。再說我是個靠體力工作的人，如果成家而能力不夠養活妻子兒女，那也夠操心了。一個人既要勞力，又要勞心，就算聖人也做不到啊！」說完，王承福安靜了片刻，又繼續拿起油漆刷子工作去了。

韓愈聽了這番獨特的觀點，忽然有所醒悟，每個人都該做自己適合的事情，並敬業地去完成，於是決定為泥水匠王承福作傳。

詩佳老師說

王承福有難能可貴的地方。第一，有功不居。王承福身為軍人時，為國家出生入死，退伍後卻不領功勳，對作官沒有野心，甘願回到故鄉自食其力。第二，有職業道德和敬業精神。他每天努力工作，認為有勞動才有收穫，必須勤奮而不能貪圖享樂，在工錢上對雇主也十分誠實。第三，有憐憫心，願意付出。他自己從事辛苦的行業，賺取微薄的收入，卻還能夠將多餘的錢送給更窮苦的人；不願妻兒跟自己受苦，因此一生不願成家。這是王承福使人敬佩之處。

名句經典

食焉而怠其事，必有天殃。——唐·韓愈〈圬者王承福傳〉

　　如果光吃飯不做事，一定會有天降的災禍。喜歡輕鬆而討厭辛勞，這是人性的趨向，但是事理卻正好相反，人如果太放縱就容易怠惰，辛勞勤奮就能累積出成就，並從勞動的過程中找到自己的價值與快樂。相關詞是「刻苦耐勞」。

【漫畫經典】

勞動才有收穫，人不能貪圖享樂，要有憐憫心。

先生使人佩服！

◆ 韓愈對於王承福從事辛苦的工作，卻能敬業並付出愛心，感到敬佩。

㉜少年勇士區寄

(唐・柳宗元〈童區寄傳〉)

【經典故事】

　　區[1]寄醒來時，發現自己被綁在椅子上，眼前兩個強盜死盯著他看。他環顧四周，這房間非常陰暗和破舊。他動了動已經麻木的手腳，心想：「我只能靠自己逃出來了。」

　　區寄是個砍柴放牧的孩童。某天，他一邊放牧，一邊砍柴時，忽然有兩個強盜竄出來，把他的雙手反綁到背後纏起來，並迅速地塞了一塊布堵住他的嘴，打算帶到四十多里以外的市場上賣掉。

　　區寄雖然擔心害怕，但他從小就對本地的惡劣治安相當熟悉。越地的人民天性薄情，父母往往將孩子當作貨物看待。當孩子七八歲以後，許多父母就為了貪圖錢財而賣掉孩子，假如這些錢不能滿足貪欲，就去偷別人的小孩來賣，所以越地的人口越來越少，很少有孩子能逃得過當奴隸的悲慘命運。

　　於是區寄很快地冷靜下來，他開始假裝啼哭，做出恐懼發抖的模樣。兩個強盜看他弱小的樣子，就不把他放在眼裡。他們面對面喝起酒來，大聲談笑、划拳，終於喝得醉醺醺的。

　　其中一個人拍拍衣服站起來，說要去找買主，就出門了；另一個人喝醉了，便躺下來睡覺，把明晃晃的刀順手插在身邊，距離區

---

[1] 區：ㄡ。姓。

寄很近。

區寄默默地觀察，等強盜睡著了，就把綁手的繩子靠在刀刃上，用力上下來回地割，忙得滿頭大汗，終於割斷了繩子。於是，他毫不猶豫就拿刀殺死睡夢中的強盜，拔腿就跑。可惜區寄才逃走不久，又被回來的另一個強盜抓住了。

這強盜見同伴死了，大吃一驚，立刻就要殺死區寄。區寄急忙說：「一個主人獨占一個僕人，比兩個主人使喚一個僕人好多了。死了的強盜對我不好，如果你能保全我的性命，好好對待我，我就隨你怎麼處置。」

強盜心想：「與其殺了這個孩子，不如賣掉他；與其賣掉他，兩個人分錢，不如我一個人獨得。幸虧這孩子殺了他，很好！很好！」於是強盜埋葬了同伴，押著區寄到旅館住下，準備隔天將他賣了，為防萬一，還將區寄綁得更緊。

好不容易熬到深夜，區寄偷偷地轉動身體移近爐火，將綁手的繩子燒斷，也不管手被燒傷，顧不得疼痛了。他輕輕地接近強盜，迅速地取刀，手起刀落就殺死強盜，然後大聲呼叫，把整個集市的人都驚醒了，大家紛紛跑來看究竟。

區寄對圍觀的人說：「我是區家的小孩，不應該做奴隸。有兩個強盜綁架我，幸好我已經殺掉他們了，希望能通知官府。」所有的人都很驚訝。

官吏就把這件事情報告州官，州官又報告到上級官府。官府的長官見到區寄時，也很驚奇，想不到殺死兩名強盜又成功脫困的，竟是這樣年幼老實的孩子！刺史顏證認為這孩子很了不起，想留他

做個小吏，但區寄不肯，刺史只好送衣服給他，然後派官吏護送他回家。

後來越地的強盜們聽說這件事，都嚇得不敢從區家的門口經過，江湖上紛紛流傳：「這孩子比跟隨荊軻刺秦王的秦武陽[2]還小了兩歲，竟然殺了兩個強盜，我們怎能去招惹他呢？」

從此，十一歲的少年區寄，就憑著勇氣與智謀，成為越地的傳奇人物。

詩佳老師說

「自古英雄出少年」，區寄被綁架後，善於抓住時機，利用強盜「黑吃黑」的矛盾心理，殺盜自救，表現少年英雄機智勇敢的性格，和不畏強暴的戰鬥精神，也反映出當時唐代黑暗腐敗的社會現象。柳宗元被貶到柳州時，當地人煙稀少，是個民不聊生和落後的地方，社會非常不平等，許多人為了求生存，不惜販賣自己的孩子給人當奴隸，然而當政者卻只顧私利而不顧百姓的痛苦，因此柳宗元藉由這篇文章，反映他對社會的觀察及對英雄撥亂反正[3]的期待。

2　秦武陽：十二歲時犯下殺人案，燕太子丹找到他，派他隨荊軻去刺秦王，但他見了秦王臉色就變了，以致事敗。《史記》沒有記載他的下場，可能也被殺害了。
3　撥亂反正：除去禍亂，歸於正道。

知者不惑，仁者不憂，勇者不懼。——《論語》

　　有智慧的人不會迷惑，有仁德的人不會憂愁，勇敢的人不會畏懼。孔子說，一個人要達到完美的人格修養，智、仁、勇缺一不可。智慧不是知識、不是聰明，而是面對人生的能力；有仁心的人，不會受環境動搖，沒有憂煩；大勇的人，沒有什麼好怕的。但真正的仁和勇，都與大智慧並存。相關詞是「智勇雙全」。

【漫畫經典】

別殺我，我殺了你同夥，才能專心侍奉你！

恩，將他賣了，我就可獨得金錢。

◆ 區寄用利益騙得強盜饒他性命，再趁強盜不注意時殺了他。

㉝ 死亡與賦稅

（唐‧柳宗元〈捕蛇者說〉）

【經典故事】

永州的野外有一種奇異的蛇，黑底，白花紋，它碰到草木，草木全都乾枯而死；如果咬了人，就沒有治療的辦法。但是捉住牠以後，將牠晾乾做成藥餌，可以治療麻瘋病、手腳彎曲不能伸展的病、脖子腫大的病和惡瘡，還可以去除壞死的腐肉，殺死人體內的各種寄生蟲。

宮中太醫遵照皇帝的命令，向民間徵收這種蛇，每年兩次，還招募能夠捉蛇的人，准許他們用蛇來抵稅。於是，永州的人都爭先恐後地捕蛇去了。

蔣家人獨享捕蛇而不納稅的好處，已經三代了。

我問蔣先生這件事，他卻低頭不語，過了好一會才說：「我祖父死在捕蛇這差事，我父親也死在這件事。現在我繼承祖業也已經十二年了，好幾次差點被毒蛇咬死。」他說話時的神情很悲傷。

我很同情他，就說：「你怨恨這差事嗎？我打算告訴管這事的官吏，讓他更換你的差事，恢復你的賦稅，怎麼樣？」

蔣先生聽了更加悲傷，滿眼含淚地說：「您這不是讓我活不下去嗎？我捕蛇的不幸，還比不上恢復賦稅的不幸啊！如果當初我不做這差事，早已困苦不堪了。」說著說著，就痛哭流涕起來。

他接著說：「我家三代住在這地方，已經六十年了，眼見鄉鄰

的生活一天天地窘迫，把他們土地上生產出來的、家裡的收入全部拿去交稅，仍然不夠，只好被迫哭著搬家。他們又饑又渴，勞累地跌倒在地上，一路上頂著狂風暴雨，冒著嚴寒酷暑，呼吸瘟疫毒氣，死人的屍體一個個疊著。」

「從前和我祖父同住在這裡的，十家中只剩不到一家；和我父親住在一起的，十家剩下不到兩三家了；和我一起住了十二年的鄰居，十家中只剩不到四五家。他們不是死了，就是逃走了。可是我卻因爲捕蛇活了下來。兇暴的官吏來我的家鄉，到處吵嚷叫喊，衝撞破壞；酷吏驚擾鄉間，連雞犬也不能安寧！」

「每晚，我小心謹慎地起身看看瓦罐，見蛇還在，就放心躺下了。我小心地餵養蛇，到規定獻蛇的時候，把牠獻上去，回來就可以吃著我土地上生產的東西，過我的日子。我一年只有兩次面對死亡的威脅，其餘的日子都能快樂地渡過，哪裡像鄉鄰這樣天天得面對死亡！現在我即使死在這差事，已經比鄉鄰好了，怎麼還敢怨恨呢？」

我聽了蔣先生的訴說，心裡更沉重、更悲傷了。

孔子說：「殘酷的統治比老虎還要兇惡啊！」我曾懷疑過這句話，現在從蔣先生的遭遇來看，確實是眞實可信的。唉，誰知道苛稅的毒害，比這毒蛇更厲害呢！所以我寫下這篇文章，期待朝廷派出考察民情的人，並且能得到反省。

詩佳老師説

　　「毒蛇」是一個比喻，暗示當時還有比毒蛇更毒的東西，就是統治者的「苛稅」，故事反映了中唐時期人民的悲慘生活。官吏的剝削與壓迫，使百姓被迫冒死接受捕蛇的工作，他們寧可生活在死亡威脅下，也不願生活在暴政的統治下，令人聯想到「苛政猛於虎」這句成語。作者為蔣先生的不幸感到悲痛，好心提出了解決的辦法，但出乎意料的是，蔣先生並沒有接受，因為毒蛇雖然可怕，但是賦稅之毒更可怕，揭示了統治者的作為所造成的巨大危害。

名句經典

苛政猛於虎。——東漢・王充《論衡》

　　殘酷壓迫剝削人民的政策，比老虎還要兇惡暴虐，比喻殘暴的統治。苛政對民心的殺傷力，遠遠超過洪水猛獸。「君王是舟，人民是水，水能載舟，亦能覆舟」，民主時代的國家領導者，更應該以民意為依歸。相關詞是「暴政必亡」。

◆ 韓愈藉蔣先生的遭遇，反映當時苛稅的剝削及老百姓生活的困境。

㉞驢子的下場

（唐・柳宗元〈黔之驢〉）

【經典故事】

如果你是這頭面對老虎的驢子，你會怎麼做呢？是愚蠢無知的使出幼稚的伎倆[1]？還是坐以待斃[2]？——雖然結果可能是一樣的。

黔[3]這個地方，從來就沒有驢子這種動物，有好事的人某天突發奇想，用大船載了一頭驢子進入黔地，但是送到之後，卻發現驢子在本地毫無用處，當地人都以馬或牛等動物，作為主要的交通工具，於是就在山腳下把驢子放生了。

驢子每天無聊地在山裡頭走來走去。

這天，有一頭老虎出來獵食，無意間看到驢子，嚇了一跳。老虎仔細觀察驢子，心想：「這真是個巨大的動物！看牠的體型和馬很像，但是耳朵很長，尾巴有尾柄，像是牛的尾巴。這個不像牛也不像馬的怪物，真可怕！」

老虎很害怕，以為那是什麼神奇的東西，於是就藏在樹林中偷偷地觀察驢子。過了一會兒，老虎才慢慢地走出來接近牠，十分小心謹慎，但仍然想不透牠究竟是什麼東西。

日子一天一天過去了，老虎經常這麼窺視著驢子。

1　伎倆：伎，ㄐㄧˋ。技能、本領。
2　坐以待斃：形容面臨危難，不積極奮發，坐等失敗。
3　黔：ㄑㄧㄢˊ。中國貴州省的簡稱。

有一天，驢子忽然叫了一聲，像是慘叫聲一般非常難聽。老虎驚慌地奔逃，跑得遠遠的，以為驢子要從後面追上來吃掉自己，牠非常害怕。可是當老虎停下腳步回頭望，卻發現驢子還站在原地沒有追上來，老虎又來來回回地觀察牠，覺得驢子好像沒有什麼特殊的本領，心裡就稍微放心了。

幾次之後，老虎逐漸聽習慣驢子的叫聲，就一天比一天更靠近觀察牠，而且時常在驢子的附近走動，但終究不敢發動攻擊。

又過了幾天，老虎的膽子越來越大，越來越敢靠近驢子，而且態度更加隨便，經常戲弄驢子，或者是碰撞、斜靠、衝撞、頂住牠。

驢子終於忍不住發怒了，提起牠的蹄子就往老虎踢去。老虎的行動矯健，這一腳自然踢不到牠，老虎更因此高興起來，牠在心裡盤算著：「驢子的本領只有這樣而已啊！」

於是老虎肆無忌憚地跳起來，大聲吼叫，聲音在山林間迴盪，震撼力十足。老虎迅速地撲上去咬斷驢子的喉嚨，吃光牠的肉，才飽足地離開。

驢子的體形高大，看上去似乎很有本事的模樣，而且與生俱來洪亮的聲音，讓牠給人有本領的印象，如果驢子不露出拙劣的本事，老虎雖然勇猛，也會因為心懷疑懼而不敢吃掉牠。現在落到這樣的下場，真可悲啊！但是仔細想想，驢子面對老虎的威脅，如果坐以待斃，恐怕連存活的可能性都沒有，同時更令老虎瞧不起了。

詩佳老師說

　　柳宗元說故事，是為了反映社會現實。驢子象徵的是當時朝廷裡的高官，他們仗勢欺人卻沒有才能。故事用生動的情節，描述了虛有其表的驢子，最後被老虎吃掉的悲劇過程。在故事中，虛張聲勢的驢子終於成為老虎的食物，那麼虛有其表的人會有什麼下場，就可想而知了。這提醒我們：只有具備真材實學，才足以面對生活中的危機。另外，我們也可以從「老虎吃掉驢子」的角度來理解故事，對老虎來說，看似強大的東西並不可怕，只要敢於冒險，加上深入觀察及良好的謀略，就可以戰勝比自己強大許多的事物。

名句經典

縱無顯效亦藏拙，若有所成甘守株。——唐・羅隱〈自貽[4]〉

　　寧可沒有明顯的成績也不冒進，避免因考慮不周而暴露缺點、引發禍患，如果能有所成，就算被人批評是守株待兔，也不放棄堅持的態度。比喻老虎狩獵的耐心，以逸待勞[5]絕對比毫無計畫的行動更易成功。相關詞是「黔驢技窮」。

4　貽：一ˊ。贈送、遺留。
5　以逸待勞：採取守勢，養精蓄銳，待敵方疲倦、實力削弱時，再予以痛擊。

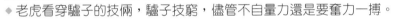
◆ 老虎看穿驢子的技倆，驢子技窮，儘管不自量力還是要奮力一搏。

宋

㉟英雄如夢，人生如戲

（北宋・歐陽修〈新五代史伶官傳序〉）

【經典故事】

「曾宴桃源深洞，一曲清歌舞鳳。長記別伊時，和淚出門相送。如夢，如夢，殘月落花煙重。……」

空曠的宮殿響起悅耳的絲竹歌聲，樂聲鏗鏘揚起，像一抹微風澆來了清涼；低吟淺唱中，歌女長袖一揮，隨著節奏翩然起舞。

李存勗[1]斜倚龍座，閉目欣賞這曲由他親手寫成的〈憶仙姿〉，出眾的才華，使他自小就受到皇帝的賞識。十一歲時，他跟隨父親出征得勝回來，進宮見唐昭宗，昭宗非常驚訝，直呼：「這孩子相貌不凡！」然後輕撫著他的背：「小兒日後必定是國家的棟樑，不要忘了為我唐盡忠！」

果如皇帝所言，當年十一歲的小兒，很快就長成出色的棟樑。李存勗自幼就喜歡騎馬射箭，膽識過人，體貌出眾，經常隨父親李克用作戰，同時也喜好樂曲、歌舞、戲劇，是個文武雙全的少年英雄。

「後來父親生病，快死了……」絲竹歌聲忽然轉為哭腔悲調。

李克用臨死前，抖著雙手，親自交給兒子三支箭，說：「梁王朱溫是我的仇家，一直企圖謀害我。燕王劉仁恭是我提拔的，卻背

---

[1] 勗：ㄒㄩˋ。

叛我而歸順梁國。契丹耶律阿保機曾與我結爲兄弟，後來也投靠梁來攻打我。這三件事是我一生的遺恨。現在爲父交給你三枝箭，不要忘記爲你父親報仇。」不久就與世長辭。

李存勖將箭收藏在祖廟，只要出兵打仗，便派遣屬下祭告祖先，恭敬地取出箭來，裝在錦繡織成的錦囊裡，背在背後，在大軍前方開路。

他先打敗梁王的五十萬大軍；接著攻破燕地，將燕王父子活捉回太原，用繩子綁住；最後用小木匣裝著梁國君臣的頭，走進祖廟，將箭交還到父親的牌位前，他那神情氣慨，多麼威風！九年後又大破契丹，將耶律阿保機趕回北方。

此時，後唐莊宗李存勖端坐在龍座上，睥睨天下，他已經完成了父親的遺命統一北方，後唐時代正式開始。

「鏗鏗鏘鏘」，鑼鼓絲竹響起。戲台上，生旦淨末丑賣力搬演，最耀眼的就是「李天下」。只見李天下面塗粉墨，簇新[2]的戲裝襯托出魁偉身段，待樂聲稍歇，他提起渾厚的嗓音喊道：「李天下，李天下！」另一個伶人敬新磨忽然伸手打了他耳光，台下的觀眾都嚇出一身冷汗，樂工停止奏樂，伶人們更是僵住不敢亂動，原來這「李天下」不是別人，正是莊宗所扮。

莊宗見戲演不下去了，感到無趣，就問敬新磨爲何打他。

敬新磨說：「李（理）天下的只有皇帝，你叫了兩聲，還有一人是誰呢？」莊宗大笑：「有道理，但到了這台上，我就只是『李

---

2 簇新：簇，ㄘㄨˋ。極新、嶄新。

天下』。」立刻命人賞賜敬新磨，接著下令：「咱們再演下去吧！奏樂！」

戲台上，伶人繼續搬演小人物的悲歡離合；戲台下，伶人受到皇帝寵倖，時常和皇帝打打鬧鬧、侮辱戲弄朝臣，群臣皆敢怒不敢言，還爭著送禮巴結。莊宗又派伶人、宦官搶民女入宮，使得眾叛親離，怨聲四起。

軍士皇甫暉終於在夜裡率先發難，人們紛紛響應。莊宗慌張地出兵，但還沒見到亂賊，兵士就四處逃散了。君臣你看我，我看你，不知能逃到哪裡去，只能抱頭痛哭。最後十幾個樂官就將他們困住，莊宗身死國滅，被天下人恥笑。

詩佳老師說

觀看後唐莊宗李存勗人生的前半場與後半場，我們只能用「墮落的英雄」來形容他，他倉促的從人生舞台中謝幕，對比他在戲臺上的表演，更是諷刺，給了我們「戲如人生」的感慨。俗話說：「盡人事，聽天命。」這個故事主要是在說明，國家的盛衰、事業的成敗，關鍵就在人的作為，也就是主事者的思想行為。我們可以從李存勗先盛後衰、先成後敗的歷史中，體悟到人生的道理，作為自己的警惕。

禍患常積於忽微，而智勇多困於所溺。——北宋・歐陽修〈新五代史伶官傳序〉

　　災難禍患經常是由細小的事情累積而成，有智勇的人往往因爲他所沉溺的事物，而導致挫敗。負責任的人，會在努力工作之餘休閒賞玩，只有不負責任的人，才會過度迷戀享樂，而忘記應該做好的工作。相關詞是「玩物喪志」[3]。

【漫畫經典】

◆李存勗完成父親遺願，打梁王、奪燕地、破契丹，成爲後唐莊宗。

對，在戲台我只是個伶人。

叫什麼李天下？理天下的只有皇帝！

◆後唐莊宗李存勗沉迷演戲、寵信伶人，最後身死國滅，被天下人恥笑。

3　玩物喪志：指一味玩賞無益的器物，因而消磨人的壯志。

㊱天才不學成庸才

（北宋・王安石〈傷仲永〉）

【經典故事】

這是一個神童的自白：

我的名字叫方仲永，從小就被當作天才。我出生在務農的家庭，祖先世世代代都是農家子弟，過著勤儉忙碌的生活。從出生後直到五歲，我都沒有機會見到書紙筆墨，更不用說入學讀書了。

在我五歲的那年，不知受誰的影響，我忽然哭著向爹娘要筆墨紙硯。父親見我這般哭鬧，覺得很驚訝，又拗不過我，只好就近向鄉居借了一套文房四寶。沒想到，我一提筆就立刻寫了四句詩，還題上詩的題目和自己的名字。詩的內容主要是勸人奉養父母、團結族人。很快地，我的文章就被同鄉的讀書人傳閱，每個人都佩服我的才氣。

從那天開始，我家就變得異常熱鬧，整天拜訪的人、車川流不息，經常有大人因為好奇心的驅使前來看我；有些人則是隨便指定某件物品，要求我作詩，而我總能一揮而就[1]，從不令人失望。大人都說我寫的詩內容深刻，文采絢麗，裡面講的道理都有可取之處。我因此獲得眾人的讚賞。

這種天生的才能，很快就傳到縣裡去了，縣裡的人同樣感到驚

---

[1] 一揮而就：形容才思敏捷，落筆成章。

奇，就給我「神童」的封號，對我父親也另眼相看，尤其是那些紳士、名流之輩，都十分欣賞我。漸漸地，有些附庸風雅[2]的大人，會招待我和父親吃吃喝喝，或是給點金錢，請我為他們寫詩。父親認為有利可圖，就時常帶我去拜見那些富豪，我家的農田就一天天地荒廢了。

父親非常喜歡四處炫耀我的才華，就放棄送我上學的念頭。至於我呢，小小孩兒哪裡懂什麼，大人要我怎麼做，我就怎麼做，而且成天被人誇獎，是多麼榮耀的事啊！我的天分很高，這就是我的靠山，哪會想到上學讀書呢？

幾年後，我宋朝的文學家王安石先生聽見我的事情，就趁著回到故鄉的機會，在他舅父家裡和我見面，當時我已經十二、三歲了。王先生是詩人，他便叫我作首詩來給他瞧瞧。我仍然一下子就完成了，但仔細一看，這些詩卻沒有像過去傳聞的那麼出色。我從王先生臉上的表情看到他的失望，而我內心也對自己失望透頂。

又過了幾年，當我二十歲時，才華已經全部消失，跟一般人沒什麼不同了，所有人都為我感到遺憾，他們惋惜一個天才變成平庸的人。這時王安石先生又從揚州回來舅父家，他向家人問起我，大家都搖著頭說：「方仲永已經和平常人差不多了。」消息傳到我耳裡，令我相當地失落。

後來，王先生寫了一篇〈傷仲永〉的文章講此事，他認為我的聰明穎悟，是天生的好資質，這叫做「天才」，勝過普通有才能的

2　附庸風雅：缺乏文化修養的人，裝腔作勢地從事有關文化的活動。

人太多了，但仍然不幸成爲普通人，都是因爲爹娘沒有讓我受教育的緣故。他又說，那麼一般人既沒天賦，又不受教育，就只能當個平庸之輩了。

　　讀完王先生的文章，我感到懊悔不已，終於徹底了解自己爲什麼會變成平常人。從今天起，我要努力讀書、求學，希望能找回失落已久的天分。

詩佳老師說

　　原來故事的名稱是「傷仲永」，「傷」是可惜的意思，故事中說，方仲永是個天才，只可惜沒有受教育，作者深感可惜。慶歷三年，王安石從揚州回到臨川時，寫下這個故事：方仲永這位「小時了了」[3]的神童，因爲父親不當的做法，最後成了「大未必佳」的泛泛之輩[4]。這告訴我們，人的天賦資質，並不是永恆不變的，而是和後天的教育、學習息息相關，如果欠缺天分、又不重視學習的話，依然只是個普通人。一生務農的方爸爸見錢眼開，突顯出貪圖利益對人才的危害。

3　小時了了：人在幼年時聰敏捷，表現優良，長大之後未必能有所成就。
4　泛泛之輩：資質、才能普通的人。

不學自知，不問自曉，古今行事未之有也。──東漢‧王充《論衡》

　　不學習就能掌握知識，不勤問而能理解，自古還沒有這樣的事。憑一己的能力與智慧的確不夠，如果能以本身的才能作基礎，加上好學，能力就會不斷提升，將有更好的發揮。學問是累積而成，學習才能成材。相關詞是「不進則退」。

【漫畫經典】

◆方仲永五歲就能落筆成詩，父親不讓他讀書，帶著他四處炫耀藉機圖利。

㊲隱俠方山子傳奇

（北宋・蘇軾〈方山子傳〉）

【經典故事】

方山子逍遙自在地徒步在深山裡，沒有人認識他。

幽深的林子裡，那個窄小的茅草屋，就是方山子的房舍。他平日吃素，總是獨來獨往，不與人往來。他的頭上帶著高帽子，形狀方方正正的，人們紛紛說：「這很像是古代樂師戴的方山冠呢！」於是就稱他爲「方山子」。

回想方山子年輕時，很愛喝酒，縱情任性，非常仰慕漢代的遊俠朱家[1]、郭解[2]的爲人行事，他自己也是個喜歡使劍、揮金如土的遊俠，鄉里的遊俠都推崇他。等他年紀大了就改變志趣，開始發奮讀書，想憑著文學來成名，可惜一直沒有遇到賞識的人。

記得十九年前，我在岐[3]這個地方，見到方山子帶著兩名隨從，神氣地騎著駿馬，身上藏著箭，在西山遊獵。只見前方有一隻鵲鳥沖天飛起，他便命令隨從追趕射鵲，但是隨從沒有射中。

方山子見狀，立刻拉緊韁繩，一人一騎躍馬奔馳，飛快地拉弓搭箭，一箭就射中了飛鵲，神技驚人。我們騎著馬，聊起了用兵之

---

1 朱家：秦漢之際的遊俠，大量藏匿豪士及亡命之人。季布被劉邦追捕時，他透過夏侯嬰向劉邦進言，得赦免。以助人之急而聞名於關東。

2 郭解：漢代的遊俠，對人以德報怨，厚施薄望。救人之命卻不占功勞，因此在當地擁有很高的聲望。

3 岐：ㄑㄧˊ，地名。

道及古今的興衰，談話之間，他流露出充滿自信的神情，自認爲是一代豪傑。

方山子本名陳慥[4]，字季常，出身在功勳之家，照道理來說，他應該有官可做，如果他願意置身官場，到現在已經聲名顯赫了。

洛陽城裡那棟園林宅舍雄偉富麗，規模與公侯之家相同，就是方山子原來的住所。他家在河北還有田地，每年擁有上千匹的絲帛收入，足以讓他的生活富裕安樂了。

然而他將這些名利財富都拋開，來到這個窮鄉僻壤，是不是因爲他對人生有獨到的體會呢？

我因爲「烏臺詩案」[5]被貶官，住在黃州，有一次經過岐亭，正巧遇到了方山子。乍見到他，我不敢相信自己的眼睛，說：「哎，這是我的老朋友陳季常呀！怎麼會出現在這裡呢？」

方山子也很驚訝：「這不是子瞻嗎？你又爲什麼到這裡來？」

我嘆了口氣，無奈地說：「朝廷有人從我寫的幾首詩，編造了罪名給我，說我諷刺皇上，差點就被定了死罪。現在是被貶到黃州來啦！」

方山子低頭不答，過了一會，忽然仰天大笑起來，請我到他家去住。他家四壁蕭條，陳設簡單，但是他的妻兒、僕人都是怡然自得的神態，似乎很甘於貧賤。我感到十分驚異。

4　陳慥：慥，ㄗㄠˋ。字季常，自號龍丘居士，宋眉州青神人。晚年棄第宅，庵居蔬食，戴方形高冠，人稱方山子。妻柳氏性妒悍，慥以懼內聞於世。

5　烏臺詩案：是元豐二年發生的文字獄，御史中丞李定、舒亶等人摘取蘇軾〈湖州謝上表〉的句子和所作的詩句以毀謗蘇軾，因此貶官於黃州。

再回頭看方山子，從年輕到現在，過了多少日子，他臉上那股英氣勃勃的神色，依然在眉宇之間顯現。我心想，這怎會是一個甘心在山中隱居的人呢？難道他真的看破世事、對官場厭倦了麼？

方山子晚年隱居在光州、黃州的岐亭，放棄坐車騎馬的富貴生活，拋棄過去穿戴的書生衣帽，真正做了隱士。我聽說那附近有很多奇人異士，穿著破爛的衣衫，看似瘋顛，其實深藏不露，方山子或許能見到他們吧！

詩佳老師說

蘇軾用人稱「我」，描述與方山子相遇、相識的經過，從方山子的人生經歷，可以看到蘇軾很讚賞他的性格和人生觀。蘇軾將自己與方山子對照：方山子文武雙全，有遠大的抱負，卻得不到賞識任用，所以退隱明志；而蘇軾雖然憑著才學為官，卻受到小人陷害，險些丟了性命，被貶官到黃州。將兩人對比，藉以書寫蘇軾懷才不遇的感慨，也側面道出他在飽經憂患後，看破世事的心情。

名句經典

天地閉，賢人隱。──《易經》

世道不好，賢人便隱居起來不問世事。隱士一向是朝廷徵召的對象，宋代有假隱士裝出不想做官的樣子，其實很想

當官，「終南捷徑」一詞就是諷刺假隱士。方山子則是真隱士，已達到甘於貧賤、逍遙自在的境界。相關詞是「進退有常」[6]。

【漫畫經典】

◆ 陳季常出身功勳之家，卻甘願拋下榮華富貴去深山裡生活。

◆ 陳季常及時退隱，怡然自得；蘇軾則被陷害貶官，差點失去性命。

6　進退有常：前進和後退都有規律。

明

㊳順應自然的生存哲學

（明・劉基〈司馬季主論卜〉）

【經典故事】

東陵侯在秦朝滅亡以後，就被廢爲平民了，家境貧困，靠種瓜爲生，他的「東陵瓜」有五種顏色，滋味甜美，遠近馳名。

但是這種日子過久了，東陵侯便不甘寂寞起來，很想尋求東山再起的機會，於是去拜訪司馬季主，請他卜卦算命。司馬季主不只是名氣響亮的算命師，他爲人賢明，相貌才華都相當出色。

東陵侯見了司馬季主，就嘆口氣說：「人啊，躺臥時間長了就想起來，沉潛獨居久了就想出去走走，胸中氣悶了就想打個噴嚏。聽說，任何事物累積太多就要宣洩。冬去，春來；有起，就有伏，這些都是自然的現象。但是我卻還有一些疑問，希望得到你的建議。」

季主微微一笑，說道：「既然您已經明白萬物變化的道理，又何必算命呢？」

東陵侯連忙搖手說道：「不，我還沒了解其中的奧妙，希望先生盡力開導。」其實東陵侯想了解自己被廢爲平民後，是否還有機會再起？

季主沉吟了一會，嘆口氣說道：「唉！天道和誰親近呢？只和有德的人親近。鬼神怎麼會靈？是靠著人們相信才靈。算命用的蓍

草[1]是枯草，龜甲只是枯骨，都是沒有生命的物。但是人是萬物之靈，為什麼不相信自己，卻要聽從這些占卜之物呢？況且，您為什麼不想想過去？有過去的因，就有今天的果。現在所擁有的很美好，但未來總有凋零的一天。」

司馬季主柔和的語聲，喚起了東陵侯的想像，他的眼前彷彿出現華麗的歌樓舞館，倏忽之間崩塌了，成為斷壁殘垣[2]；過去自家庭院繁花似錦的園林，顏色漸漸淡了，蕭條了，陳舊而荒廢。

東陵侯似乎聽見風露中的蟲鳴，過去耳邊聆聽的是樂隊演奏的美妙佳音，而今只剩下蟲聲，那是何等悽涼！想到自己過去富貴時享受的金燈華燭，餐餐食用的象脂駝峰等名貴食物，以及身上穿的綾羅綢緞，他不禁感嘆而有所領悟：「是啊！過去沒有的而現在擁有，並不算過分；過去曾經有過但現在失去，也不能算是欠缺，有得、有失，這都是自然現象。」

想到這裡，東陵侯的心逐漸平靜下來了。

司馬季主微笑說道：「這些道理您已經知道了，何必還要我占卜呢？」

1　蓍草：蓍，ㄕ。古人取它的莖來占卜。
2　斷壁殘垣：破敗倒塌的牆壁。形容景象荒涼。

　　司馬季主是一位算命先生，他不先誇耀自己的占卜有多靈驗，反而一開始就自我否定，說人的智慧比占卜之物還要靈，暗示鬼神之說不可信，表現他在思想上的進步。接著，司馬季主告訴東陵侯，人對於自己的處境，要採取順應自然的態度，不必感到困惑，也不必刻意逆勢而爲，這就是順應自然的生存哲學。其實，我們的人生中有意氣風發的精采，但也不能避免有低潮的時候，人應當了解這個道理，不要迷信，才不會忽略了應有的反省和作爲。

名句經典

天道何親，惟德之親。鬼神何靈？因人而靈。——明・劉基〈司馬季主論卜〉

　　天道和誰親近？只和有德的人親近。鬼神怎麼會靈？是靠著人們相信才靈。司馬季主的意思是：一個朝代或統治者如果失去德行，走向滅亡，那是很自然的定律，因爲「以民爲本」是千古不變的治國原則。相關詞是「天道酬勤」。

◆ 司馬季主開導東陵侯，對自己的處境不必困惑，也不必逆勢而為。

㊴掛羊頭賣狗肉

（明・劉基〈賣柑者言〉）

【經典故事】

　　杭州有個賣水果的攤販，很擅長貯藏橘子，使它們經過一年也不會腐爛，把它拿出來，依然是色彩鮮豔的樣子，玉石般的質地，黃金似的顏色，拿到市場上賣，售價比一般橘子高出十倍，人們都爭相購買。

　　我也買了一個想嚐嚐。把它剖開，卻像有一股白煙撲向口鼻；再看裡面，乾枯得像破爛的棉絮。

　　我感到奇怪，就問攤販：「你賣的橘子，是要用來盛在祭器裡祭祀上天、在家招待賓客，還是用美麗的外表來愚弄那些傻子和盲人呢？太過分了，幹這騙人的勾當！」我越說越生氣。

　　但賣橘子的人卻笑著說：「我賣橘子已經有好多年了，就靠它養活自己。我賣它，別人買它，從來不曾有人說過什麼，怎麼只有您覺得不滿意呢？世上有欺騙行為的人不少，難道只有我一個嗎？您真的沒有好好思考這件事啊！」

　　攤販不但不肯自我檢討，竟然還指摘我。

　　我正要發作，只聽那攤販又說：「現在那些佩戴兵符、坐虎皮椅子的軍人，一副威武的樣子，好像是保衛國家的人才，但他們

眞的有孫武[1]和吳起[2]的謀略嗎？那些戴著高帽子，繫著大腰帶的官員，一副高傲神氣的模樣，好像坐在高堂上英明地做決策，但他們眞的能夠建立伊尹[3]和皋陶[4]的功業嗎？」

我感到驚訝，聽出這攤販說的話似乎頗有道理，氣就漸漸消了。

攤販又說：「現在盜賊四起，他們卻不懂該怎麼抵禦；百姓陷入困境，他們也不懂怎樣救助；官吏狡詐不懂怎樣禁止，法度敗壞不懂怎樣整頓，白白浪費國家糧食卻不知羞恥。」

他生氣地說：「看看那些坐在高堂上，騎著高頭大馬，喝著美酒、飽食的人，哪一個不是外表威風凜凜令人害怕，又顯赫得讓人羨慕？他們哪一個不是金玉其外、敗絮其中呢？您怎麼不看這些，卻來指責我？」

我聽了只能沉默，實在找不出話來回應。回家後思考這攤販說的話，感覺他像是東方朔[5]那種詼諧機智的人，難道他也是對世事憤慨，所以假借橘子來諷刺的嗎？

1　孫武：字長卿，齊人，春秋時兵法家。吳王闔閭用為將，破楚，威逼齊、晉，逐霸諸侯。著有《孫子》十三篇。

2　吳起：戰國時衛人。仕魏文侯，領兵擊秦，拔五城，拜西河守。著有《吳子》六篇。

3　伊尹：名摯，商初的賢相。

4　皋陶：ㄍㄠ　一ㄠˊ。相傳為舜之臣，掌刑獄之事。

5　東方朔：西漢辭賦家。性格詼諧，滑稽多智，常故意以滑稽風趣譏評朝政，不昔觸犯武帝。

這個故事點出了外表與內在的差異，主要藉著賣橘子的老闆所說的話，諷刺那些欺世盜名[6]的官員，提醒我們應該注意表面底下的假象，相當具有警世意義。作者劉基說故事的方法非常有趣，先講自己悠閒自在的買水果，因為買到爛橘子而生氣的質問攤販老闆，最後逼出老闆的「真心話」，揭示了當時盜賊四起、官吏昏庸、民不聊生的社會現象。這個故事讓我們了解：雖然攤販老闆本身就很貪婪，但是如果沒有迷戀表象的消費者，又怎麼會有那些製造假象的攤販呢？

名句經典

金玉其外、敗絮其中。——明‧劉基〈賣柑者言〉

外表像金玉美麗珍貴，裡面卻只是破棉絮而已。比喻外表漂亮，內在破敗。用來表達貶義，常用來形容某些華而不實、毫無學識內涵的人，他們虛有其表，實質卻是一團糟，提醒我們應要能夠分辨真假。相關詞是「表裡不一」。

6　欺世盜名：欺騙世人，盜取名譽。

◆ 劉基藉由賣柑者的話，點出為官者欺世盜名、一般人盲目迷戀的真相。

㊵小病不醫，成大病

（明・方孝孺〈指喻〉）

【經典故事】

浦陽縣青年鄭仲辨，就像一尊高聳英挺的雕像，擁有健美壯碩的身材，臉色紅潤而有光澤，一副氣色飽滿的樣子，從未生過病。

有一天，他發現左手的拇指竟然冒出一粒紅色的小疹子，突起來有如米粒般大小，他感到疑惑，於是到處問人。人們見了疹子的反應，卻都是指著他哈哈大笑，認爲那是不重要的小毛病。他也就算了。

過了三天，鄭仲辨手指上的紅疹越長越多，漸漸聚集起來宛若錢幣大小，如暗瘡般的紅疹，就像打在手指頭上的紅印子，令人怵目心驚。

鄭仲辨心裡更加恐慌，於是又到處詢問別人的意見，但人們看了疹子後的反應，依舊是漫不在乎地大笑，覺得他眞是個「窮緊張」。

又過了三天，鄭仲辨的拇指腫得極大，大到手掌幾乎可以將它握滿的程度了，而且靠近拇指的食指指頭，也跟著疼痛起來。

鄭仲辨痛苦極了，手指患部如同被針刺、被刀割那樣，他每天受著苦刑，四肢、心臟、脊椎骨無處不痛。他害怕極了，這才去請教醫生。

醫生看診完畢，皺起眉頭，非常擔心地對鄭仲辨說：「這種病最奇特的地方，就是雖然症狀出現在手指，但其實病人早就一身都

是病了，如果不盡快治療，可能會危及生命。」鄭仲辨嚇得傻了。

接著醫生半認眞、半恐嚇似的說：「這病啊！剛發病時治療，一天就可以治好；發病三天再治療，大約過十天就能治癒；但現在病症已經形成了，沒有三個月是不能治癒的。病發一天的療法，用艾草就可以醫治；過十天，用藥物也可治好；等到病症形成，甚至將要蔓延到肝膈等內臟時，恐怕會導致你的一條手臂殘廢啊！必須內外兼治，才能徹底解決問題。」

醫生的這番話，只聽得鄭仲辨滿頭汗水涔涔流下。

從這天開始，鄭仲辨聽從醫生的診斷，每天內服湯藥、外敷藥物，兩個月後果然痊癒了，三個月以後，終於恢復原有的氣色與精神。

小病不醫，就成大病，類似鄭仲辨的例子實在太多了，人們應該要引以爲鑑啊！

詩佳老師說

故事原來的篇名叫做「指喻」，就是「以指病爲喻」，透過主角的拇指生病，卻沒有及時治療，差點釀成大患的經過，來說明天底下的事情，往往發生在人們最容易疏忽的地方，如果沒有重視它，往往會釀成大災害。一般人都有這樣的心態：有一點小壞事發生了，就認爲沒有必要處理，或是懶得處理。但是殊不知，這時候才是最容易處理的時機，等到禍患形成了，就必須耗費許多時間和腦力、承受許多痛苦，才能夠勉強克服。這個故事帶給我們非常重要的提醒。

天下之事，常發於至微，而終爲大患。──明‧方孝孺〈指喻〉

　　天底下的事情，往往在最容易疏忽的地方發生，最後釀成大災害。就像人生病，輕微時不採取對策抑制，等到病重再治療就困難了。人的德行修養也是，要謹慎地自我要求、克制壞念頭才行。相關詞是「防微杜漸」[1]。

【漫畫經典】

我的四肢、心臟、骨頭無處不痛！

小病不醫就成大病，應該防患未然。

◆ 禍患總是從小處蔓延，如果不及早預防或處理，很快就會不可收拾。

1　防微杜漸：防備禍患的萌芽，杜絕亂源的開端。也就是防患於未然。

❹❶ 深藏不露眞豪傑

（明・宋濂〈秦士錄〉）

【經典故事】

「嗤、嗤」，兩頭牛正在格鬥，鼻孔外掀，粗魯地噴出熱氣，兩對牛角緊緊的糾纏，誰也不肯放過誰。人們只能遠遠地觀望，不敢分開牠們，唯恐畜牲不長眼，一不小心就被牛踢死或是重傷。

此時，鄧弼忽然跳了出來，他身高七尺，目光銳利如電般散發紫色的光芒。只見他將雙拳重重地打在牛背上，牛立刻筋骨斷裂，身軀仆[1]倒在地，人們看了都駭異不已。

陝西人鄧弼是個豪俠之士，天生勇力過人，市場門前有個鼓形的大石，十個人一起抬都抬不動，可是他光靠兩隻手，就可以舉起大石來回走動，像沒事一樣。

有一天，鄧弼獨自坐在酒樓喝酒，仗著酒意，便開始亂發脾氣，怒目橫眉的模樣，每個人見了都嚇得躲開。

鄧弼正想找人麻煩，恰巧此時蕭、馮兩位書生從樓下經過。鄧弼見到他們，不禁「怒從心頭起，惡向膽邊生」，立刻下樓將兩人拉進去，逼他們喝酒。

兩個書生平時就看不起鄧弼，極力抗拒。鄧弼憤怒地喝道：「你們若不肯依從我，我一定殺了你們，再改名換姓、亡命天涯，

---

[1] 仆：ㄆㄨ。跌倒而伏在地上。

絕不能忍受你們的輕視。」兩人只好順從他。

鄧弼自己先坐上中間的座位，指著左右的空位，要兩個書生坐下；他一面喝酒，一面唱歌，自得其樂，書生則在旁邊嚇得簌簌發抖。喝到醺醺然的時候，鄧弼便把上衣解開來，伸直了兩腿坐著，又「嗆」的一聲拔出明晃晃的刀來，放在桌上，嚇得店內所有的客人紛紛走避。

書生兩人也驚得魂飛天外，他們平常就知道鄧弼酒後會任性使氣，便想站起來逃走。

鄧弼卻將手一伸，攔住他們說：「別走！我好歹也讀過書，你們憑什麼把我看得這麼卑賤？今天我不是找你們喝酒的，只是想發洩心裡的悶氣！現在經史子集隨便你們問，我如果答不出來，就用這把刀自殺！」

蕭、馮兩人面面相覷，說：「真有這種事？」他們心想這莽漢哪裡讀過書，於是選取七部經典中的數十條經義來問他，鄧弼卻把七經的傳文和注疏列舉出來，毫無遺漏；書生又考鄧弼歷代的史事，他竟能將古今三千年的歷史，滔滔不絕地答出來了。

鄧弼笑著說：「你們服不服啊？」兩書生神情沮喪地相互對視。

鄧弼仰頭將酒一飲而盡，把碗摔在地上，披頭散髮狀似瘋人，跳著叫說：「我今天勝過飽學的書生了！古時學者讀書的目的是培養正氣，現代人穿上讀書人的衣服反而死樣活氣，只知道在文章上競爭，卻輕視當代豪傑，這怎麼可以呢？你們走吧！」

兩書生一向自視甚高，聽了鄧弼的話，非常慚愧，連滾帶爬地

逃下了樓，回去後向鄧弼的朋友打聽，卻從來也沒人看過他拿著書本誦讀。

詩佳老師說

　　這個故事告訴我們，古代的豪傑是什麼樣子，他們重視自己的人格氣節，而且深藏不露，從來不會炫耀才學。很多自認為很強的人，即使在競爭中獲得勝利，也只是兩者之間的勝利；但是豪傑的胸中藏著雄心壯志，有一天必定能夠突破障礙，達到自己理想的境界，這才是真豪傑！歷史上的鄧弼文武雙全，但因為他的個性剛直，加上無法適應官場上的勾心鬥角，使得原本有意報效國家的他，只有遁入山中當道士。這個故事，正是為這樣的英雄豪傑抱不平。

名句經典

出師未捷身先死，長使英雄淚滿襟。──唐‧杜甫〈蜀相〉

　　出師征戰還沒成功便先病死，使古往今來的英雄，都為他淚濕了衣襟。諸葛亮壯志未酬，鄧弼的命運也類似，他有遠大的志向，想報效國家，可惜始終不被重用，退隱後過了十年就病死了，一生始終沒有完成功業。相關詞是「盡忠報國」。

◆ 兩書生自視甚高，卻輕視當代豪傑，鄧弼有意展露才學一吐心中的悶氣。

清

❷ 逆旅小子

（清・方苞〈逆旅小子〉）

【經典故事】

夜深了，旅館依稀傳來小孩子的哭聲，一陣一陣地，哭得很悽慘，夾著大人的聲音，在寒風中更加淒厲。旅館裡的客人被驚醒了。

那時正是秋九月，這位客人奉命出使邊塞，才剛從塞上返回京師，就在石槽這個地方過夜。

客人躺在床上，輾轉反側，無法入眠，因為這哭聲實在令人揪心得疼。於是他披上外衣走出旅館，看到隔壁有幾位鄰居擺了張桌子，坐在門口喝茶乘涼，就過去向他們詢問：「不知哭泣的孩子是誰？有什麼可憐的身世？」

一位比較年長的鄰居嘆了口氣，說：「這是店主人的哥哥留下的孤兒。他們有一小塊田地，牲口、農具和生活用品大體都具備，但是店主人怕這小孩兒長大會來分家產，所以不管他受冷挨餓，天天差遣他做苦工。到夜裡就把他關在門外，寒風這麼一刮，恐怕就活不成囉。」

這件事讓客人一夜無眠。到了第二天早上，客人早早起床，故意繞到旅館後面散步，果然見到昨晚哭泣的小孩。

只見這小男孩身體的蒼白瘦弱，模樣很可憐，身上穿著破布單衣，沒有鞋襪，赤裸著一雙腳，腳趾和腳底都磨破了。再看看皮膚

露出來的地方，青一塊、紫一塊，昨晚店主人兇狠地用鞭子抽打，難怪小孩哭得這樣悽慘。

客人感到忿忿不平，到了京師，就寫了兩封信告訴京兆尹[1]：「應該發下公文，命令縣裡將店主人捉拿審問，讓鄉鄰擔保他以後要好好地對待小孩，然後再放他出去。」

信送出去以後，客人又奉命到別的地方辦公了，也不知道京兆尹是否採納他的意見，更不知道小男孩後來怎樣了。

第二年的四月，客人再次路過這裡，向鄉里人打聽那家旅館。鄉里人卻說：「這孩子在那年冬天就死去了，店主人也突然死了，他的妻子兒女、田地房屋、牲口財物，通通歸別人所有了。」

客人相當震驚，問他們：「那麼，縣裡的官吏曾經審問過店主人嗎？」

鄉人回說：「從來沒有聽說過。」

客人大嘆：「唉，小小孩兒的性命，就葬送在這些無能的官吏手中了。店主人為了謀奪財產，狠心害死哥哥留下的孤兒，到頭來，還不是得將財產拱手讓人？」

詩佳老師說

　　方苞在原文闡述他的主張，他說從前先王用「道義」開導百姓，擔心愚昧的人不明白，所以用「鄉八刑」來督察百姓守法，對那些不孝父母，不順從兄長，家庭不和睦，姻親不和善，對

1　京兆尹：職官名，指京師地區的行政長官。

朋友不講信用，見別人有危難而不幫助的人，就按照刑法給予處
罰，還要五戶人家相互擔保，有犯罪的話，便五家都牽連，以達
到互相監督的目的。春秋時代管仲治國，也規定出現犯罪就要追
究官吏的責任。從逆旅小子的事，就可看出清代當時世道的墮
落。

名句經典

**天下之事，不難於立法，而難於法之必行。——明·張居正〈上
疏明神宗實行考成法〉**

　　治理國家，不是難在制定法律規章政策，難的是令人民遵
守法律。在張居正看來，國家的法律政策已經夠多的了，明朝
之所以亂，不在於沒有法規，而是沒人認真地遵守法規。不只
百姓要守法，官吏更要守法。相關詞是「奉公守法」[2]。

2　奉公守法：以公事為重，謹守法紀，不徇私舞弊。

◆ 方苞痛心無能的官吏沒有及時處理，以致於小男孩受盡虐待而死。

❹③一日爲師，終生爲父

（清·方苞〈左忠毅公軼事〉）

【經典故事】

生命的遇合在於「交集」，可以改變人的命運。

左光斗到京城附近督察學政，負責那裡的科舉考試。這晚風雪交加，大街上空無一人，左光斗帶著幾個隨從騎馬出門，暗中進行查訪。

走了好久的路，一行人經過一座古寺，見古寺環境十分清幽，便決定進去參訪、休息。

古寺的廂房陳設簡單，但頗爲雅致。左公經過一間廂房，看到房裡有個書生趴在桌上睡著了，旁邊放著一篇文章，才剛打好草稿。

一時好奇，左公便拿起卷子來看，越看越驚奇，隨即脫下自己穿的貂皮大衣，蓋在書生身上，還替他關上門。出來後詢問和尚，才知道那書生名喚「史可法」。

左公暗暗地將名字記在心裡。考試那天，考場官員對考生一一點名，點到史可法的時候，左公特別注意看他，果然是那晚見到的書生，生得儀表堂堂；再細看卷子，文筆也是第一，就當面簽署爲狀元。

左公請史可法來家中作客，讓他拜見夫人，還當著夫人的面誇獎說：「我的幾個兒子都很平庸，將來能繼承我的志向和事業的，

只有這位學生了。」

史可法深深感謝老師對他的賞識與恩情。

當時宦官魏忠賢掌握東廠，壞事做盡，左公和其他人反對魏忠賢，卻不幸被捏造罪名陷害入獄。左公被拘禁到監獄時，史可法每天早晚都到門外偷看，可是宦官們戒備得很嚴密，令史可法相當著急。

很久之後，壞消息傳來，史可法聽說左公受了酷刑，就快死了，連忙拿了五十兩銀子，哭著向獄卒請求入見。獄卒被感動了，教他換上破衣草鞋，背著竹筐，拿著長鑱子，打扮成清除垃圾的工人，帶他進去探視左公。

史可法一進去，就看到左公靠著牆壁坐在地上，他的面頰、額頭都已經焦黑潰爛，變成一團血肉模糊，左腿膝蓋以下的筋骨都脫離了。

史可法難過得上前跪下，抱著左公的膝蓋便哭泣起來。

左公聽出是史可法的聲音，可是眼睛被血黏住了張不開，就努力舉起胳臂，用手指撥開眼眶，眼神有如火炬般明亮，憤怒地說：「蠢材！這是什麼地方？你敢來！國家的政事敗壞到這個地步，我已經沒希望了，你卻輕忽自己的生命，天下大事還能依靠誰！快走，不用等壞人陷害，我現在就打死你！」

左公隨即摸取地上的刑具，作出要丟擊的樣子。史可法閉口不敢發出聲音，便跑了出來。後來他常流著眼淚說：「老師真是鐵石心腸啊！」

崇禎末年，史可法去打流寇張獻忠，奉令防守鳳廬道。每當有

緊急狀況，就幾個月不上床睡覺，讓將士們輪流休息，自己坐在營帳外面擔任守衛，或者挑選十個健壯的士兵，讓他們兩人一組蹲坐在地上，背靠著他們；一個時辰過去，就換另一組來替代。

這種體恤士兵的心，令人感動。有人勸史可法休息，他就說：「不行！我怕辜負朝廷，更怕對不起我的老師啊！」

史可法感念老師的恩情，每當帶領軍隊經過彭城時，一定親自到左公的府上拜訪，問候太公、太母的生活，並在廳堂上拜見左夫人。

詩佳老師說

這篇故事從許多小細節，讓我們認識史可法的為人，了解為什麼左光斗要提攜史可法：第一、他刻苦學習。在寒冷的日子裡，史可法還在寺廟中苦讀。第二、他尊敬師長。史可法為老師被捕入獄而擔憂，更冒險入獄探望老師，足見對恩師的關心；而在左光斗死後，史可法還經常到左家問候老師的家人，有情有義。第三、他盡忠職守。史可法打流寇時，盡心盡力，更能體恤士兵，以身作則。老師雖然有心提拔學生，但關鍵更在於學生自己十分爭氣。

名句經典

一日爲師，終生爲父。——明・吳承恩《西遊記》

　　哪怕只教過自己一天的老師，也要一輩子當作父親看待。比喻學生尊重老師。老師除了授課外，更要做學生的表率；學生要學習老師的文化知識，也要學習道德爲人，在師道尊嚴日漸式微的今天，值得省思。相關詞是「良師益友」。

【漫畫經典】

◆ 左光斗無意間見到史可法的文章，驚爲天人，興起愛才、惜才之意。

❹ 一日為師，終生為父（清・方苞〈左忠毅公軼事〉）　　**185**

❹聰明的魚

（清・林紓〈湖之魚〉）

【經典故事】

林先生坐在西湖邊上的茶館裡喝茶。

坐在窗戶旁，看得到西湖的春波碧草。四周淡雅、幽靜的氣氛，使所有的嘈雜似乎都沉靜下來了。他聽著南屏晚鐘，觀賞雷峰夕照，望向蘇堤春曉。

下垂的柳枝條兒半遮著窗口，眼前那一汪湖水深蒼碧綠，宛若明鏡，猶如被綠染過一樣，底下有百餘條小魚正聚集在窗戶下的水面之中，搖頭擺尾的動作著，十分可愛。

林先生試著將肉乾嚼碎，朝水面吐去，想要餵食這些魚兒，藉以取樂。

魚兒紛紛聚攏過來爭著搶食，一隻疊一隻，互相推擠，你爭我奪好不熱鬧。可是牠們一邊爭食，卻一邊游開了，只有三、四條小魚一直在原地覓食而不走。

林先生覺得很奇怪，不懂那些魚為什麼要游開？於是便再次嚼碎肉乾唾下，這次碎肉緩緩地沉入水底，而且黏結在茭白的根上，魚兒就不再去吃了。

他一開始以為，魚群游開是因為都吃飽了的緣故，可是他看見距離窗下一丈左右的地方，水面又泛起一圈圈的漣漪了，湖水不住地晃動，那些小魚又像剛剛那樣在爭食其他的東西。

水底下熱鬧非凡。

林先生見了這番景象，頓時想到：

釣魚的人在垂下魚鉤的時候，必定先以魚餌來引誘魚，如果魚兒要想吃食，就會同時吞下釣鉤，那就難逃一死了。但是時間久了，魚兒便看穿這些伎倆，牠們知道凡是有餌的地方多半有釣鉤。魚兒真聰明啊！

林先生忍不住從「魚」聯想到「人」了：

在那些名利聚集的地方，人們也像魚兒搶食一樣，對功名利祿你爭我奪，難道這其中沒有一種「釣鉤」，專門釣這些人「上鉤」嗎？

如果不趁著別人拼命爭奪時，及時逃走，遠離名利是非，最後可能就會遭到不幸。只不過能夠脫鉤而遠走他方的，又有幾個人呢？

詩佳老師説

　　故事在短短的篇幅內，從觀察魚兒搶食的行為而興起感悟，發表對現實人生的感慨，目的在提醒追逐名利的人，不要為名利所誘惑，以致於吞下「釣鉤」，成為無力抵抗而任人宰割的人。故事的寓意深遠，發人深省。魚兒爭食是出於生存的需要，但魚兒不會只在同一個地方吃食，這是從險惡的自然環境發展出來的生存法則。小小的魚兒還有警覺之心，何況是萬物之靈的人呢？故事奉勸貪官汙吏應該及早懸崖勒馬，才不至於落得身陷牢獄的下場，而我們一般人，也應當懂得「知足」的道理。

釣者將下鉤，必先投食以引之。──清‧林紓〈湖之魚〉

　　釣魚的人垂下魚鉤之際，必先以魚餌爲引誘。林紓聯想到魚餌是功名利祿，釣魚者便是社會上居心不良的人。魚餌都是美味的，一如名利那般誘人，如果不能有所自覺，往往就墮入了爭名逐利的無底深淵。相關詞是「一網打盡」。

【漫畫經典】

◆ 林紓體悟到魚兒們爭食，卻不會貪戀一處吃食，是一種大智慧。

㊺千古奇女費宮人

（清‧陸次雲〈費宮人傳〉）

【經典故事】

　　莊重美麗的費宮人，是崇禎皇帝賜給公主的侍女，今年才十六歲，照理說，還在天眞稚氣的時期，然而現在她卻蹙著眉頭，秀美的臉上充滿了擔憂。

　　近來流寇猖獗，皇帝非常憂心，費宮人便也跟著擔心。有一天，她忍不住拉了皇帝的近侍王承恩問長問短。王承恩說：「像妳這樣住在深宮的人，哪用得著知道。」費宮人卻說：「就是因爲住在深宮，才必須提前知道啊！」王承恩感到訝異，認爲費宮人不是普通的女子。

　　賊寇越來越猖獗，皇帝更擔心了，費宮人問王承恩的次數也更多了。王承恩有些不耐煩，說：「妳爲什麼只問我呢？」費宮人說：「因爲別人都不關心皇上與政事，只有您盡忠職守，所以才問您。」

　　王承恩更加認爲費宮人是奇女子，就問：「上回妳說要提前知道，是爲什麼？」費宮人說：「假如眞的發生不幸，當然只有一死殉國，不過我要報仇了才能死。」王承恩奇道：「此話當眞？」費宮人說：「以後就知道了。」

　　另一個魏宮人，年紀比費宮人大些，也很端莊美麗，聽她這樣說便道：「報仇很難，我怕做不到，如果大難眞的來臨，我只能一

死表明心跡了。」王承恩暗暗納罕[1]，認為魏宮人也是奇女子。

闖王李自成終於攻破皇城。王承恩將噩耗報告上來，崇禎皇帝與周皇后哭著告別，所有人都哭了，周皇后與袁貴妃上吊自盡，皇帝拿劍殺了許多妃子，又把長平公主叫來說：「妳為何要生在帝王家！」說完，就用左袖掩住臉，右手提劍砍去，如同切豆腐般砍斷了公主的左臂。

公主躺在血泊中一時沒死，皇帝看見親生女兒的慘狀，手不禁抖著，沒有力氣再砍，於是出宮在景山上吊自殺。王承恩從容地對著皇帝的屍身拜了幾拜，也殉死了。

宮中一片死寂，費宮人的哭聲在走廊間迴盪，十分淒涼，她和太監何新把公主救醒。公主虛弱地說：「父皇讓我死，我怎麼敢偷生？等下賊人入宮，我終究會被找到的。」

費宮人溫柔但是堅定地說：「請把您的衣服賜給我，我冒充您，好讓您逃走。」公主就把衣服給了費宮人。何新背著公主匆匆逃走了。

終於，李自成從承天門入宮來了。魏宮人大聲喊：「賊人來了！妳我必定受到汙辱，該做最後的打算了！」說完就跳河自盡，跟她跳河的宮女超過三百人，女子的裝飾和脂粉鋪滿了河面，河水還因此阻塞，香味幾天也散不去。

費宮人目送魏宮人自盡後，就轉身回去換上公主的衣服，將自己藏在井中。闖王的軍隊進來後，大肆搜索，把她強行拉了上來。

---

1 納罕：驚異、奇怪。

　　費宮人見到李自成，嚴正地說：「我是長平公主，不可無禮！」

　　李自成見到她的花容月貌，便想將她收為妻妾，但是每次坐在龍椅上，就覺得頭暈眼花，看到好幾丈高的白衣人站在前面，彷彿看到崇禎皇帝趕他走。李自成心裡害怕，於是把她賜給了羅將軍。

　　羅將軍自然非常歡喜。費宮人卻說：「我畢竟是公主，如果你讓我祭拜父皇，我就心甘情願地嫁給你。」羅將軍很高興，便聽從了她的請求。

　　新婚之夜，羅將軍在喜筵上喝到大醉。回新房後，打扮得如花似玉的費宮人也準備好筵席，不停勸酒。羅將軍高興得喝醉了，就躺下來睡覺，鼾聲大作。費宮人便打發掉侍女，聽到周圍都沒聲音了，就拿出刀來，往羅將軍的喉嚨砍下，他痛得從床上跳起來，掙扎了幾下就死了。

　　屋外的人大驚，連忙推門進來搶救，但已經晚了，只見費宮人盛裝打扮好，低頭沉默地坐在床上。侍衛上前一看，才知道她已經刎頸自盡。

　　這件事傳到李自成那裡，李自成相當驚嘆，就慎重的將「公主」以禮安葬。於是賊人都以為公主已死，從此不再追緝，真正的長平公主才能逃過此劫。

　　故事敘述費宮人為國家報仇，最後殉死的事蹟，中間穿插魏宮人的事和費宮人對照。兩位女性在國破家亡後選擇的路不同，魏宮人衡量自己沒有報仇的能耐，選擇立刻跳河自盡；費宮人則謀畫報仇的計畫，等仇報了才殉國。兩者都需要勇氣，但費宮人在勇敢的背後又多了智謀，是有勇有謀的奇女子。

名句經典

使死者反生，生者不愧乎其言，則可謂信矣。——春秋・公羊高《公羊傳》

　　假使死者復活了，受他託付的人對死者的話都能做到，而且無愧於心，就是有信用了。春秋時代，晉獻公臨死前，將小兒子奚齊和卓子託付給大夫荀息，荀息就對獻公回答這幾句話，表示不會辜負大王的託付。相關詞是「言而有信」。

◆ 勇敢的費宮人冒充長平公主讓真公主逃脫，並嚴正的抗拒李自成的侮辱。

㊻詐騙的伎倆

（清・袁枚《子不語・偷靴》）

【經典故事】

我從事的這行業很辛苦，就像一般人需要努力工作才能豐衣足食。這工作特別的是很需要團隊合作，所以我和同事們培養出很好的默契。

今天我走在街上，準備工作了，忽然見到一個人穿著新靴子在街上走，那是一雙經典的黃色圓頭靴，簇新的料子，柔軟服貼地包裹在腿上，輕便又保暖。

我朝著他走去，對他拱手行禮，拉著手親切問候：「老兄，咱們好久不見，真巧在這裡遇到你。」

他一臉茫然的看著我，說：「我和你不認識啊！」他緊皺著眉，像要從腦中搜索關於我的記憶。

我還是笑著對他說：「老兄，你穿上新靴就忘了老朋友嗎？」我打算捉弄他，就掀起他的帽子，丟上旁邊房屋的屋頂，又怕被責怪，就迅速的跑走了。

跑了一小段路，回頭看看，穿靴的並沒有追上來，我就偷偷的從另一條路溜回原來的地方，一看，他果然還在那裡，正抬頭望著屋頂上的帽子，不知該如何是好。

我偷偷地笑了，他一定是懷疑我喝醉了藉酒鬧事，才這樣捉弄他。我便留在附近看好戲。

這時候，又有一個人走了過來，那人的長相斯文，頭上戴著讀

書人的頭巾，衣著十分整潔，他笑著對穿靴的說：「剛才那人怎麼對你惡作劇呢？現在你的頭暴露在大太陽底下，恐怕會被曬暈，為什麼不爬上屋頂拿回帽子呢？」

穿靴的苦著一張臉，說：「唉，算我倒了楣！這下沒有梯子該怎麼辦？」

讀書人搖著頭，嘆口氣說：「算了算了！我經常做好事，那就用我的肩膀當作梯子，讓你踏上去屋頂拿帽子，怎麼樣？」

穿靴的很感謝，高興地對讀書人行禮。讀書人就蹲下去，聳起肩頭。

穿靴的正要踏上去，讀書人卻生氣地說：「你太性急了吧！你珍惜你的帽子，我也珍惜我的衣服啊！你的靴子雖然很新，但是鞋底的泥土也不少，你忍心弄髒我的衣服嗎？」

穿靴的非常不好意思，羞愧地道歉，便急急忙忙脫下靴子交給他，只穿襪子踏著讀書人的肩頭，順利地爬上了屋頂。

穿靴的很輕鬆就拿到他的帽子，當他要下來地面時，卻見讀書人拿著他的靴子跑走了。他愣住了，站在屋頂上無法下來，只能看著那人的身影越來越遠，最後終於看不見了。

街上的行人以為他們是好朋友，只是故意戲弄對方而已，因此也沒人理會。失去靴子的人，只好在屋頂上苦苦哀求街坊鄰居找來梯子救他，弄了老半天才下來地面，而拿走靴子的人已經不知去向了。

我看到這裡，忽然背後有一隻手輕輕地拍我肩膀，回頭看，那個讀書人手上拎著一雙新靴子，得意地對我說：「這靴子很值錢呢，咱們拿到城裡賣，一個月吃穿都不是問題啦！」

我也得意地笑了。這行很辛苦，得大傷腦筋才能有收穫，而且如果「目標」太精明，防備心太高，可能就做白工了，但幸好愚昧的人多，而聰明的人少，看來這份工作可以持續下去了，哈哈！

詩佳老師說

　　故事的作者袁枚曾經說過：「作人貴直，作詩文貴曲。」這篇〈偷靴〉便是用「曲折」的方式寫故事，一波三折，讓人讀了感到津津有味。在故事中，第一個丟帽子的騙子，讓人以為只是惡作劇，第二個假扮讀書人的騙子，讓人以為是善心人士，到最後，我們才發現，原來是兩個騙子串謀設計的偷靴方法。騙子其實很擅長洞察人心，往往利用人性的單純、善良或是貪念，達到他們詐騙的目的。現今的社會，也有許多這類詐騙集團橫行，打電話騙取財物，這個故事正有警惕人心的作用。

名句經典

害人之心不可有，防人之心不可無。——明·洪應明《菜根譚》

　　不可以存心害人，但是要小心提防被別人陷害。人在生活中必須與各種人打交道，可能會遇到許多風險，如果缺乏應對風險的防範之心，就可能造成生命、財產、情感、事業等損失，人要學會保護自己。相關詞是「招搖撞騙」[1]。

---

[1] 招搖撞騙：借名炫耀，到處詐騙。

◆ 第一個騙子將穿靴的帽子丟上屋頂，
等他上屋取帽，再將靴子帶走。

◆ 兩個騙子是利用人單純、善良的弱
點，串謀偷靴子，達到詐騙的目的。

❹吃果子要拜樹頭

（清‧周容〈芋老人傳〉）

【經典故事】

賣芋的老人與妻子是一對獨居老人，他們的兒子出外工作，只剩下老夫婦住在渡口相依爲命。

那天老人和平常一樣在家裡，忽然發現有位書生站在外頭的屋簷下躲雨，他身上的衣裳單薄，而且被雨水淋濕了，看起來弱不禁風的樣子。

老人好心的請書生進來坐坐，一問之下，才知道原來書生剛從城裡參加考試回來。老人略懂些詩書，談吐不凡，兩人談了好一陣子，老人就要求妻子煮芋頭請書生吃。

不久芋頭煮好，端出來時香味四逸，書生禁不住吃了一碗又一碗，十分飽足，他摸著肚子笑說：「將來一定不忘您老人家請的這頓芋頭！」等雨停了，書生就告辭離去。

時光飛逝，轉眼十多年過去了，書生已經擔任相國，富貴至極。

有一回相國心血來潮，要廚師煮好芋頭呈上，但他吃沒兩口就放下筷子嘆道：「爲什麼從前老人請的芋頭那麼香甜呢？」於是派人將老夫婦請過來敘舊。

相國高興地見過老人，寒暄後，終於開口要求：「我一直無法忘記您家的芋頭，今天想請老太太爲我煮芋。」老夫婦很乾脆地答

應了。

不久老太太再度端上芬芳的芋頭，但相國嚐了幾口，還是失望地放下筷子，嘆道：「為什麼從前吃過的芋頭比較甜美呢？」

老人眼神柔和的看著他，說：「那是因為您的地位改變了呀！您當時只是個窮書生，淋雨後飢不擇食[1]，吃什麼都覺得香；但現在天天有精美的佳餚可品嘗，怎能再體會芋頭的甜美呢？芋頭沒變，變的是人，但我還是很高興您只有口味改變而已。」相國聽了，一時半刻說不出話來。

老人又悠悠地說：「我年紀大了，聽過不少故事。村子南邊有對貧苦夫妻，妻子辛苦的操持家務幫助丈夫讀書，丈夫功成名就後，卻拋棄糟糠之妻而寵愛小老婆，害妻子憂鬱而死。城東有甲、乙兩位同學，他們一起苦讀，不分彼此，後來乙先做官，聽說甲潦倒了卻袖手不管，全忘了過去的友情。又聽說某人的孩子讀書時，家人對他殷切期待，指望他廉潔、有操守，但是他做官後，卻因為貪汙被免職，所學的道理被拋在腦後。鄰居的私塾老師為學生講故事，說到前朝高官得到朝廷俸祿、君王寵愛，卻在異族入侵時背叛國家，將往日的恩義拋棄。人有了今天就忘記昨天，豈止這頓芋頭而已！」老人語重心長地說著。

相國聽了老人的這番話，內心十分感動，連忙向老人行禮道謝。此後，老人賢明的名聲便傳揚開來，而相國不忘當初的芋頭和老人的恩情，也表現出他的賢達了。

1 　飢不擇食：飢餓時不挑選食物的好惡，有什麼吃什麼。比喻急迫時不作選擇。

詩佳老師說

　　荀子曾經說「時位移人」，意思是隨著時間的推移、個人地位的變化，將使人在思想和品格等方面跟著改變。俗話說：「換了位子就換了腦袋。」世上有太多因為地位改變，而改變初衷的例子。故事透過賣芋老人的話，揭露了人們因為地位改變，而改變思想的現象。其實人的思想本來就不斷在變化，「時位移人」是自然也是必然。老人提出「莫忘初衷」的警示，因為「初衷」是人最初的願望和心意，往往也是人最單純的狀態，故事想發揚的，其實是人性的善良面。

名句經典

世之以今日而忘其昔日，豈獨一箸間哉。──清・周容〈芋老人傳〉

　　世人有了今天就忘記昨天，豈止這頓芋頭而已。富貴往往使人忘本，權勢總是蒙蔽了人的心智。名句提示我們不要忘記當初良善的本心，更要記得感謝過去曾經幫助自己的人和曾受過的教訓。相關詞是「飲水思源」。

【漫畫經典】

為何從前落魄時吃的芋頭比較甜美？

當時飢餓，吃什麼都香；富貴了，就會忘記從前的餓。

◆ 相國窮困時，能填飽肚子的食物都是甜美，富貴後天天佳餚就無法體會了。

❹❽鵝籠夫人傳奇

（清・周容〈鵝籠夫人傳〉）

【經典故事】

鵝籠死了，用七尺白綾結束了一生。

他頭戴小帽，身穿青衫，身體懸掛在古廟的樑上，足足三天之久。據說他自盡前聲聲喊著：「夫人，我對不起妳！」但夫人已聽不見了。

鵝籠的夫人，是毗陵[1]某戶人家的女兒。小時侯，父親懷抱聰慧的她，慈愛地說：「妳將來肯定貴不可言。」便慎重地選擇女婿。某次得到書生鵝籠的文章，驚爲天人，立刻就定他爲女婿。母親問：「他家境怎樣？」父親回答：「我把他的文章當作他的家產。」鵝籠家的確很窮，幾年來都還不能下聘迎娶。

夫人的妹妹則許配給有錢人家，很快就要下聘。那天，護送聘禮的僮僕將近百人，他們頭戴高帽繫絲帶，光是裝聘禮的籮筐就綿延了約一里路。媒人周身插花掛彩，喜氣洋洋地，聘禮擺滿了庭院的臺階。各類絹絲及珠子串成的手鐲，耀眼奪目，照亮了整間屋子。門外的駿馬，也驕傲地長聲嘶鳴。

親友們擠成一團圍觀。有人問妹妹：「妳姊夫家也像這樣嗎？」丫頭們圍住妹妹，掩著嘴兒吃吃笑。鵝籠夫人仍靜靜地做針

1　毗陵：ㄆㄧˊㄌㄧㄥˊ。縣名。漢置，晉改為晉陵。在今江蘇省武進縣。

線活，一點也不爲所動。

有一天，母親拿出妹妹的聘禮準備製作新衣，忽然扔下針線生氣地說：「妳姊姊沒指望了！這輩子只能穿粗布衣服了吧！」鵝籠夫人聽見，馬上進房脫去絲織衣服，裡外都換上了粗布衣裳，以表明心志。

又過幾年，鵝籠更加不得志，也更加不敢想娶妻的事。但夫人的妹妹卻要出嫁了，出閣那天鑼鼓喧天，熱鬧非凡，妹妹乘坐紮成鳳形的車駕離開家門。但鵝籠夫人仍靜靜地做針線活，一點也不爲所動。

鵝籠二十四歲時，在鄉試中了舉人。夫人的母親驚訝不已，鵝籠急忙請求迎娶。鵝籠夫人卻淡淡地對母親說：「反正已經遲了。」鵝籠知道後深感愧疚，便立即進京趕考，在會試、殿試考取狀元，名聞天下。

南京府尹聽說狀元家裡很窮，便私自動用公款爲他準備聘禮，大小官吏總動員，都前來幫忙，親友及丫頭比圍觀妹妹受聘禮還要興奮。然而鵝籠夫人仍靜靜地做針線活，一點也不爲所動。

不久，皇帝特別恩賜鵝籠回家娶妻。巡撫等官員到驛站[2]等候，縣官盛裝伏道迎接，河岸數十里都是迎親的絳紗。一個女人如此顯貴，實在從沒見過。

「十年了，」夫人望著宰相丈夫，說道：「您要改掉放縱驕逸的行爲啊！」十年來在夫人的規勸下，鵝籠成爲有名的清官。然而

2　驛站：驛，一ヽ。古時為傳遞文書而設，提供人、馬休息的處所。

夫人病了，她伸出蒼白細瘦的手，握著丈夫的手說：「站得越高，摔得越重，夫君可以退下了。不知什麼緣故，我感到今天死了才是幸運。」但鵝籠不能理解妻子的話。

夫人蒼白的手，終於向人間揮手告別。朝廷賞賜祭祀的禮儀，為夫人舉行了盛大的葬禮，連續進行了七天七夜，比她的婚禮更隆重鋪張。

過了一年，鵝籠辭官請假回鄉。又過了幾年，他攀附權貴再度當上宰相，此時他開始縱欲專權，紊亂朝政，終於獲罪被皇帝賜死，屍體懸掛了三天才入殮，牛車將柳木薄棺抬出城外時，沒有人觀看。

風噓溜溜地掠過了棺木……

唉，一個人對不起他的國家，肯定先前就對不起他的夫人了。

詩佳老師說

故事據說影射明崇禎時的宰相周延儒。鵝籠夫人出嫁前就不慕榮利，成為宰相夫人後也沒有得意忘形，繼續保持嚴以律己的理智，用她不同凡俗的見識與德行，當丈夫的賢內助。她對丈夫有深刻的了解，知道鵝籠雖然有才華，個性卻極有問題，得勢後，也將因行為驕奢而走向敗亡。文中描寫迎娶及送葬的盛大場面，就點出鵝籠好大喜功的性格。鵝籠夫婦一賢明、一墮落，形成強烈的對比，揭示驕奢必敗的道理。

富貴誰言福作門，驕奢終與禍爲鄰。——明·何景明〈長安大道
行〉

　　富貴並不一定是福氣，驕奢的人終究會招來禍患。出自明
代文人何景明的〈長安大道行〉，他的詩取法漢唐，一些詩作
頗能反映現實。詩句說明富而不仁以及驕奢的態度，決定了一
個人的格局與成敗。相關詞是「得意忘形」[3]。

【漫畫經典】

好美的新娘！小姐要
嫁到富貴人家了！

◆ 鵝籠夫人對妹妹的際遇並不羨慕，只是靜靜地做針線活，不為所動。

3　得意忘形：形容人高興得忘其所以，舉止失去了常態。

❹⑨口技驚四座

（清‧林嗣環〈口技〉）

【經典故事】

今晚，京城裡的官宦人家大宴賓客，請知名的口技藝人來演出。府中處處張燈結綵，笑語喧嘩，眼見天色已暗，僕人便點燃了紅燭，大廳被燭火映照得紅豔豔的，流露出官宦人家的富貴風流。

大廳的東北角落，張設著寬約八尺的大紅繡花細紗帳幕，圍得密密嚴嚴的，口技藝人就坐在裡面。帳幕中只有一張桌子、一把椅子、一面扇子和一塊醒木而已。

所有賓客團團圍坐在帳幕外。一會兒，就聽到帳幕裡頭一聲醒木響起，所有人精神一振，四下靜悄悄地，沒人敢大聲喧鬧。

就在屏氣凝神之際，遠遠地，聽見深巷裡有狗兒「汪汪」吠叫，有婦人驚醒了，邊「哎」地打呵欠、邊伸懶腰。她的丈夫正喃喃說著夢話。

不久婦人的孩子醒了過來，「哇哇」大聲哭了；丈夫也跟著醒了過來。婦人一邊安慰小孩、一邊餵小孩吃奶，她輕拍小孩並輕聲地哼唱，很溫柔的。又有個較大的孩子醒過來了，童言童語地說個不停。

這時，婦人用手拍拍小孩、嘴裡唱歌的聲音，小孩邊吸奶、邊哭的聲音，大孩子剛醒過來絮叨的說話聲音，人在床上動的聲音，丈夫粗聲斥責大孩子的聲音，尿瓶的叮噹聲，尿尿在尿桶的聲音，

全部在同一時間發了出來，具備了各種聲音的巧妙，描繪出鮮活的家庭故事。

在座賓客，沒有人不伸長了脖子、側著頭注意聆聽，臉上微微含笑，心頭默默讚嘆著，認為這口技藝人的表演真是妙極了！

沒多久，丈夫發出了陣陣的鼾聲，婦人拍孩子也漸漸地停下來了。房屋一角，似乎有老鼠正在窸窸窣窣地活動，盆盆罐罐傾斜翻倒，都是細細微小的雜音。婦人在睡夢中輕輕咳嗽了。

賓客的心情也跟著這些細小日常的聲音，稍微放鬆了些，也稍稍地坐正了。

忽然有個人大喊：「失火了！」丈夫起來大叫，婦人也起來大叫，兩個小孩一起哭了。不久便有幾千幾百人大叫，幾千幾百個小孩在哭，幾千幾百條狗吠叫。當中混雜著房屋崩倒、瓦石掉落的聲音，火燒爆裂的聲音，呼呼的風聲，幾千幾百種聲音同時發出來；又夾雜著幾千幾百人的求救聲，眾人拉倒房屋「許許」的聲音，搶救東西和潑水的聲音。

凡是火場該有的聲音，帳幕中通通都有了。即使一個人有百隻手，一隻手有百隻指頭，也不能夠一樣樣地指出這些聲音；即使一個人有百張嘴，一張嘴有百條舌頭，也不能夠一樣樣地形容出來。此刻卻聽得分明。

於是，所有的賓客無不被「火災」嚇得變了臉色，他們離開座位，甩甩袖子，伸出手臂，兩腿發抖，差點就想搶先逃離「火場」。

忽然帳幕裡敲了一下醒木，聲音全部停止了。等僕人撤走屏帳，賓客們仔細一看，裡頭不過是一個人、一張桌子、一把椅子、

一面扇子和一塊醒木而已。

詩佳老師說

　　口技，是雜技的一種，還包含了腹語術，專業的口技藝人能運用嘴巴、舌頭、喉嚨、鼻子等部位，模仿出各種聲音，不論是活著的人、動物，或是無生命的物體，都能模仿，使聲音歷歷在耳。口技來源自遠古以前，人類為了狩獵而模仿各種鳥獸聲音，靠這個來引誘鳥獸，到了幾千年前，就發展成口技與腹語術等表演。故事裡的賓客們所「聽」到的聲音，其實都是同一位口技藝人模仿出來的，作者林嗣環非常懂得說故事，將這些聲音刻劃得細膩而有層次，是極好的聲音描寫佳作。

名句經典

感心動耳，盪氣迴腸。——三國魏·曹丕〈大牆上蒿行〉

　　悅耳動聽感動人心，迴腸盪氣宛轉悠揚。形容音樂或聲音感人至深。出自曹丕〈大牆上蒿行〉，勸說隱士出山做官。詩中「女娥長歌，聲協宮商[1]。感心動耳，盪氣迴腸」，極力鋪陳聲色享樂，以勸隱士出山享受人間之樂，又告誡世人不可浪費光陰，自討苦吃。相關詞是「不絕於耳」[2]。

1　宮商：五音中的宮、商二音。引申為音樂、音律。
2　不絕於耳：聲響持續不斷。

【漫畫經典】

有火燒的聲音！失火了！
大夥兒快逃啊！

◆帳幕裡的口技藝人生動的呈現出火場的聲音，令觀眾誤以為真的失火了。

㊿想像力就是超能力

（清・沈復〈兒時記趣〉）

【經典故事】

記得當時年紀小，我睜大了眼睛看著太陽，眼力極好，可以看清楚極其細小的東西，比如說，秋天的鳥兒新生出來最纖細的羽毛，都逃不過我的眼睛。只要看到細小的東西，我一定仔細地觀察它的紋路，所以常能感受超越事物本身或世俗以外的樂趣。

夏天的傍晚，蚊子嗡嗡發出像雷聲般的飛鳴聲，我將牠們比作一群在空中飛舞的鶴。每當我內心有這樣的想法，那些成千成百飛舞著的蚊子，果然就像滿天飛舞的鶴了。我抬起頭觀賞這奇異的景象，看得出神，脖子都僵硬了。

我留了幾隻蚊子在白色的蚊帳裡，用煙慢慢地噴牠們，讓牠們在煙霧的逼迫下直向上飛舞鳴叫，我把這景象比擬做白鶴飛舞在青雲中，果然它們真的像白鶴在雲端高亢地叫著，我也因為這樣高興得拍手大呼痛快。

我也常常在低窪、凹凸不平的土牆邊，還有雜草叢生的花台邊，蹲下自己的身子，使身體和花台一樣高，聚精會神地觀察著。

那時，我會把繁茂的雜草當作樹林，把昆蟲螞蟻想像成野獸，把有泥土瓦礫高起的地方當作山丘，而把低陷下去的地方當作山溝。我想像自己縮得很小很小，我的心在這片小世界裡悠閒自在地遊歷，感到心情舒暢，自得其樂。

有一天，我看見兩隻小蟲在草叢之間打鬥，就仔細地觀察牠們，正看得興致勃勃的時候，忽然有一個體型龐大的傢伙，像搬開大山、撞倒大樹一樣地闖了過來，聲勢浩大——原來是一隻癩蛤蟆。

只見癩蛤蟆伸出長長的舌頭，這兩隻小蟲就全被吞進肚裡去了。

我當時年紀很小，冷不防見到這一幕，不禁「哎呀」一聲驚叫出來，心頭不禁害怕起來；等到心神安定了，才捉住這隻癩蛤蟆，拿草鞭打了牠幾十下，把牠趕到別的院子去了。

詩佳老師說

小孩子是最具有童心的，童年時期的沈復，用敏銳的觀察力和豐富的想像力，在看似平凡無奇的事物中，找到了生活的樂趣，開拓出屬於自己的精神世界。我們的生活雖然充滿了酸甜苦辣，但也充滿了情趣，只要抱持著一顆純真的童心，對周遭的事物多一點關注，多些觀察，多些想像，就能化腐朽為神奇，從中獲得無窮的閒情逸趣。希望每個人都保有一顆赤子之心，以美的角度和喜樂的心情，用心看待日常生活中的平凡事物，並且尊重生命、熱愛生命。

見藐小微物，必細察其紋理，故時有物外之趣。——沈復〈兒時記趣〉

　　只要看到細小的事物，一定細心地觀察它的紋路，所以常能感受到超越事物本身以外的樂趣。形容人的觀察力佳，能洞察事理，有時指視力很好。另一句相反意思的是「明察秋毫[1]之末，而不見輿薪」（《孟子》），指眼力能看到一根毫毛的末端，卻看不到一車柴草。相關詞是「見微知著」[2]。

【漫畫經典】

◆ 沈復小時候經常發揮想像力，將蚊子想像成白鶴飛舞，往往能自得其樂。

1　明察秋毫：目光敏銳，觀察入微，可看見秋天鳥獸新長的毫毛。
2　見微知著：看到事情的些微跡象，就能知道它的真相及發展趨勢。

Note

國家圖書館出版品預行編目資料

圖說：新古文觀止的故事／高詩佳著.--
三版.--臺北市：五南圖書出版股份有限
公司，2022.08
　面；　公分.

ISBN 978-626-343-111-9(平裝)

835　　　　　　　111011537

1X7M　悅讀中文

圖說：新古文觀止的故事
從閱讀出發，必讀的文言文經典故事

作　　者 — 高詩佳（193.2）

發 行 人 — 楊榮川

總 經 理 — 楊士清

總 編 輯 — 楊秀麗

副總編輯 — 黃惠娟

責任編輯 — 陳巧慈

封面設計 — 姚孝慈

插　　畫 — 俞家燕

版式設計 — 江志宏

出 版 者 — 五南圖書出版股份有限公司

地　　址：106台北市大安區和平東路二段339號4樓

電　　話：(02)2705-5066　　傳　真：(02)2706-6100

網　　址：https://www.wunan.com.tw

電子郵件：wunan@wunan.com.tw

劃撥帳號：0 1 0 6 8 9 5 3

戶　　名：五南圖書出版股份有限公司

法律顧問　林勝安律師

出版日期　2012年11月初版一刷
　　　　　2014年 4 月二版一刷
　　　　　2022年 8 月三版一刷
　　　　　2023年 7 月三版四刷

定　　價　新臺幣320元

經典永恆‧名著常在

五十週年的獻禮——經典名著文庫

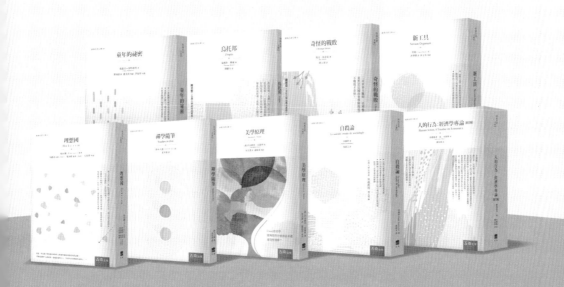

五南，五十年了，半個世紀，人生旅程的一大半，走過來了。

思索著，邁向百年的未來歷程，能為知識界、文化學術界作些什麼？

在速食文化的生態下，有什麼值得讓人雋永品味的？

歷代經典‧當今名著，經過時間的洗禮，千錘百鍊，流傳至今，光芒耀人；

不僅使我們能領悟前人的智慧，同時也增深加廣我們思考的深度與視野。

我們決心投入巨資，有計畫的系統梳選，成立「經典名著文庫」，

希望收入古今中外思想性的、充滿睿智與獨見的經典、名著。

這是一項理想性的、永續性的巨大出版工程。

不在意讀者的眾寡，只考慮它的學術價值，力求完整展現先哲思想的軌跡；

為知識界開啟一片智慧之窗，營造一座百花綻放的世界文明公園，

任君遨遊、取菁吸蜜、嘉惠學子！